ニューロンの樹海

小橋隆一郎

第一章
旅立ち

玄関で大きな声がしました。

声の主は昌子おばさんに違いありません。お父さんのお姉さんである昌子おばさんが、前もってヒロシ君一家の引越しの手伝いにきてくれたのです。

北海道帯広市への引越しを一カ月後に控え、石田家は大忙しです。

洋子お姉さんは、婚約者である高志さんの実家が経営している広大な高橋牧場を訪問した時に、十勝平野の雄大さと美しさにひと目惚れしたようです。ヒロシ君も、きっとこの大自然の包容力に溶け込めると確信しています。

ヒロシ君の大好きなお姉さんである洋子さんは、昌子おばさんの声に気づくのが少し遅かったようです。すでに玄関で靴を脱いでいた昌子おばさんは、几帳面に脱いだ靴を揃えると、まるで我が家のようにスタスタと上がりこんでリビングにやってきました。

「あらっ、おばさんこんにちは。すみません、忙しいのに度々手伝いに来てもらって」

昌子おばさんは、洋子お姉さんの出迎えがなかったことなど、そんなことはまるで気にしていません。

「洋子ちゃん、どう、引越しの進み具合は。荷物が多くて大変でしょう」

声をかけられた洋子お姉さんは、ちょっと恥ずかしそうに顔を上気させています。

「昌子おばさんの言うとおりで、なかなか進まないの。私もここで生まれて、大学院の研究生になってからも、ずっと実家で東京暮らしでしょう。引越しは初めての経験だけど、こんなにも大変だとは思わなかったわ」

「でも、そのおかげで高橋さんと出会えたのだから……」

洋子お姉さんはそれには何も答えずに苦笑いで応じています。

「そうね、とくに洋子ちゃんの場合は、お嫁入りの仕度もあるからね」

「社会人の経験もないまま、結婚するから不安だらけ……」

「でも二人のこれからの目標は、ヒロシのことで一致しているのだから、いいじゃない」

昌子おばさんは如何にも理解しているかのような口ぶりで話しますが、そんなに簡単でないことはボクにも分かります。ヒロシ君のことが二人の交際のきっかけになったのは事実ですが、これから先はあくまでも未知の世界なのです。

「お婿さんが望むのだから、それでいいのよ」

昌子おばさんの「お婿さん」の言葉に、洋子お姉さんは何も言い返さないで、嬉しそうな表情で答えました。

「なるべくお嫁入りに必要のない物は、この際だから処分してしまおうと思っているのだけど、古い物にも思い出がいっぱい詰まっていて、なかなか捨てるのにも勇気がいるのよ」

「でも、洋子ちゃんはいいじゃない、新築の広い家に引越しできるのだから、思い出の品は捨てないで、みんな北海道に持っていけばいいのよ」

「そうは言っても、引越しの荷物は私の物だけじゃないから……」

「洋子ちゃんの大切な物を優先させればいいのよ。それにしても、この東京の窮屈な住宅事情を考えると、うらやましい限りね」

そう言いながらも、手伝いに来た昌子おばさんは上機嫌です。ボクはそのわけを知っていました。引っ越した後に昌子おばさんがこの住み慣れたボクたちの家を、お父さんから借りることになっているからです。昌子おばさんは口に出して言いませんが、引越しのお手伝いより後のリフォームのことが気がかりなようです。洋子お姉さんはそんなことにはまったく関心がないようです。しかし、住み慣れた都会を離れることには期待と不安が入り混じっています。

言い忘れていましたが、ボクの名前はトニー、クマのぬいぐるみです。ヒロシ君の七歳の誕生日に、お父さんがボクをおもちゃ屋さんで見つけてくれました。それ以来の付き合いですが、今では同志です。いやそれ以上かもしれません。広汎性発達障害のヒロシ君を取り巻く環境は、時にはヒロシ君に向かってストレスとなって襲いかかってきます。そのときにボクはヒロシ君と一緒になって闘ってきました。それでもボクの存在は必要条件であっても必要十分条件ではありません。悲しいことですが、最近になってそのことに気づきました。しかし、名付け親でもあるヒロシ君をおいて、ボクの方から逃げ出すわけにはいきません。

「それにしても相手のご家族が、障害者に理解があって本当に良かったわね」

「理解ってヒロシのこと？」

洋子お姉さんの反応を見た昌子おばさんは、少し話しにくそうにしています。

「そんな重大なこと、理解してくれないと結婚なんかしないわよ。でも彼の家族全員が理解というか受け入れてくれるかは、分からない……」

不安な表情は一瞬で消え、もう洋子お姉さんは笑顔で応えています。

洋子お姉さんの物怖じしない返答に、ヒロシ君の将来は明るいとボクは感じました。

昌子おばさんは慌てて話題を変えています。

「家族で帯広に引越しするのだから、ここより何倍もある家を新築しているのでしょう……。羨ましいわね」

「だって北海道の帯広って、十勝平野だもの。空気は綺麗で白樺の林があってお花もいっぱい咲いているけれど、家の近くにスーパーもコンビニもないのよ」

昌子おばさんは一段と声を大きくしました。

「それは東京の大都会とは違うからね。でも不便な分、美しい大自然があるじゃない」

昌子おばさんは帯広には行ったことがあるような口ぶりです。

そのとき、二階から二人の声を聞きつけたお母さんが、慌てて階段を降りてきました。

「あっ、すみません。義姉さんも忙しいのに手伝いに来てもらって」

「そんなことといいのよ。石田家は親戚が少ないのだから……」

「今すぐに、お茶でも入れますから」

「引越しの手伝いに来たのだから、そんなこと気にしなくていいのよ。昭夫が今日は会社を休めないって言っていたから、手が足りないでしょう。遠方への引越しは大変ね」

「助かります……」

いくつになっても昌子おばさんは、昭夫お父さんのお姉さんなのです。

ボクはお母さんの表情から、お母さんは昌子おばさんが苦手なのだと感じました。本当の理由はボクにも分かりませんが、石田家の血縁である昌子おばさんは、はっきりと口に出しては言いませんが、ヒロシ君の病気の原因がヒロシ君を産んだお母さん側にあると思っているからに違いありません。

ヒロシ君が自閉症という知的障害者であることは事実です。しかし、自分のお腹を痛めて、ヒロシ君を産んだお母さんだけが、ヒロシ君の障害の原因であるとは決めつけられません。

これはあくまでもボクの考えですが、お父さんが違っていたらヒロシ君の障害も起こらなかったかもしれませんが、ヒロシ君そのものがこの世に存在しないのですから、そんなヒロシ君を想像することは意味がありません。

そのことを解決するには、もう少し時間がかかりそうです。

ヒロシ君の学校教育について、特別支援学校や知的障害特別療育センターを断り、普通学級のクラスに進むことを勧めたのが、昌子おばさんでした。

昌子おばさんは、知的障害児たちを隔離して教育する差別的扱いより、普通学級の中で、みんなと同じ教育メニューを受けさせた方が、ヒロシ君のためにも良い教育なのだと主張しました。

それは統合療法といって、普通学級の中で教育を受けさせ、普通学級の子供たちが、逆に知的障害児を認知して受け入れる、慈しむ心を育てる情操教育としては双方に理想の結果を生み出すといった考え方です。昌子おばさんの経験からくる持論は、石田家にとっては強烈なインパクトになりました。

昌子おばさんは公立中学の数学の先生をしているので、お父さんはヒロシ君の教育の方針については、昌子おばさんの言いなりでした。

統合療法にもいくつかの問題点があります。知的障害児の療育を中心に教育プログラムを組み立てると、時には普通学級の子供たちの教育の妨げにもなり、知的障害児に対する「いじめ」も数多く報告されているのです。「いじめ」が虐待に発展することも度々話題にはなりますが、現状を訴えることのできないヒロシ君たちの実情は、世間にはあまり知られていないのが現実です。


ヒロシ君の進学路については、お父さんもお母さんも毎日夜遅くまで悩んでいたのです。悩んだ末にお母さんの意見が通って、結局は千葉県にある自閉症児専門の療育センターを選んだのです。ヒロシ君を間近に見ている洋子お姉さんの考え方も、お母さんの後押しをしたようです。

どちらもヒロシ君の将来を考えての選択でしたが、結果的にはヒロシ君にとっては良い選択であったとボクは信じています。

意見の通らなかった昌子おばさんは不機嫌でした。お母さんとのギクシャクした関係はそれが発端なのかもしれません。

しかし、これはあくまでもヒロシ君のケースで、すべての知的障害児がそれで良いとは思っていません。療育法の選択肢は他にもたくさんあるのです。知的障害の中でもわずかですが、アスペルガー症候群のような高機能の知的障害児にとっては、統合療法が功を奏することもあるのです。一概に結論が出せないのも、知的障害の発症誘因の多元的な一面をあらわしているからなのです。

ダウン症や自閉症関連疾患、学習障害児、多動児さらには脳性小児麻痺など、知的障害児の教育は決して差別化を推し進めるのではなく、それぞれ個々の能力、いや脳力に適した療育プログラムの確立こそが、これからのヒロシ君たちに必要なことなのかもしれません。

お母さんと意見が合わなかった昌子おばさんに対して、ヒロシ君も昌子おばさんを苦手としている理由はそんなところにあるのかもしれません。

そういえばヒロシ君の姿が見えません。ボクをリビングに放り出しておいて、いったいどこへ行ったのでしょう。

そのときです、二階からあのいつも聞いているヒロシ君の雄叫びが聞こえてきました。

いつの間にかヒロシ君は二階に上がっていたのです。

ヒロシ君は普段、二階にある自分の部屋以外にはあまり入らないのですが、片づけが始まっているお父さんやお母さんの部屋が気になって仕方なかったのです。

ボクも洋子お姉さんに連れられて二階に上がりました。

洋子お姉さんは引越しの当日まで、ヒロシ君の部屋はそのままにしておくことにしました。カーテンもこのまま帯広に持って行って掛けるつもりです。ヒロシ君が興味を抱いたのは、部屋の家具に貼られている大きな紙でした。部屋を色ごとに分類して、そこに大きく番号が書いてあるのですが、誰もその色のことには気がつきませんでした。

じっと番号札を見つめながら口の中でモソモソと反復しています。その口調からして、ヒロシ君の機嫌は悪くなさそうです。

みんながいちばん気がかりだったのは、北海道の帯広という知らない土地へ家族全員で引越しすることを、ヒロシ君が本当に喜んでくれるかどうかの問題でした。ヒロシ君をのぞく家族全員がそのことを心配していました。

およそ一カ月前のこと、家族で引越しの話し合いをしたとき、ボクもリビングの棚の上でミーティングに参加していました。

洋子お姉さんは新居の見取り図の上にマーカーペンで、みんなの部屋をきれいに色分けしてくれています。

お婿さんになる高志さんと洋子お姉さんが二人で設計した夢のマイホームです。

そこにはヒロシ君の新しい部屋の位置や一階の広々としたリビングルーム、それになぜか三つもあるトイレ。何人もいっしょに入れるような大きなお風呂場は今からとても楽しみです。

洋子お姉さんが設計図の段階でヒロシ君のために用意した新しい部屋は、東京の自宅の窓の位置や大きさ、それに扉の開閉の向きまでを、できるだけ変えないで忠実に再現してくれていたのです。

ボクは感激しました。長年親しんできた家具も、ボクがいつも座っている場所もこれまでのヒロシ君の部屋とまったく同じ位置なのです。

ヒロシ君は、自分の部屋ができることには満足そうでしたが、なぜ引越しをしなければならないのかについては、なかなか理解できていないようです。

ヒロシ君が納得した本当の理由は、お父さんもお母さんも、そして洋子お姉さんも、みんな嬉しそうでハッピーだったからです。

ヒロシ君にとっては新居に引越しすることよりも、長年親しんできた家具に囲まれた同じ間取りの空間の方が、ずっとずっと大切なことなのです。

高橋高志さんと洋子お姉さんとの結婚を期に、ヒロシ君も含めて一家で北海道の帯広市に移住するという結論は、お父さんやお母さんにとって、それは、それは重大な決断であったのです。

雷に驚いてパニックを起こし、二階の屋根に登ってしまったヒロシ君を助けようとして転落したお父さんの大怪我も、リハビリのお陰で、やっと車椅子から卒業して松葉杖で歩けるようになりました。でも今まで通りに建設会社で働くことはできなくなってしまいました。

お父さんの入院中、一家の支えはお母さんの、か細い肩にかかっていました。お父さんが勤めていた鈴木建設は、転落事故が自宅で起きたため労働災害の適用外ではあるものの、お父さんの怪我の回復を心配して、お母さんに社内でのパート雇用を特別に許可してくれました。

しかし、時が経てば親切な会社の対応にも限界があります。

悪いことに建設会社にも不況の嵐が吹き荒れ、お父さんの職場復帰は、さらに難しい問題になったようです。

怪我で体が不自由になったお父さんが、早期退職者のターゲットになったのは言うまでもありません。お父さんの心の中では、すでに自主退職を決心していたようですが、再就職は困難で退職後の生活に不安を抱くのは当然です。

お父さんは洋子お姉さんを結婚式に送り出すまでは、決してそのことを口に出さないようにしていたのです。

だからこそ、洋子お姉さんの引越しプランに、お父さんだけは手放しで喜ぶわけにはいかなかったのです。もちろん、お父さんやお母さんは洋子お姉さんの結婚には大賛成でしたが、一家全員で北海道の高橋牧場に行くことにはかなりの抵抗があったようです。体の不自由なお父さんはなおさらです。

問題はヒロシ君のことでした。石田一家の大移動計画のミーティングは毎晩続きました。

「ヒロシを連れて引越しすることは、高橋高志さんだけじゃなく、あちらさまの家族にも迷惑がかかることになる。ヒロシのことはあくまでもお父さんとお母さんの問題だから……」

そう言ってお父さんは、家族全員での引越しには頑固に反対しました。

「お父さん！　ヒロシはたった一人の私の弟なのよ」

洋子お姉さんは一歩も引きません。

「それは重々分かっている。だがな……。洋子、俺たちが死んだら、誰がヒロシの面倒を見るのだい。これから結婚しようとするお前たちの前途にヒロシのお荷物を押し付けるのは、親の立場からすると間違っていると思うよ」

お父さんはヒロシ君の知的障害を親の世代の責任で解決しようとしています。

「ヒロシにも将来の夢があって、それを実現させるためにも帯広への移住は必要なのよ。決してお荷物なんかじゃない」

必死で説得する洋子お姉さんは今にも泣きそうでした。

「お父さんやお母さんに何かがあっても、ヒロシは私がみる。もう二度と精神病院になんか入れないから……」

洋子お姉さんの言葉は、みんなにヒロシ君の精神病院での出来事を思い出させました。

蚊が苦手なヒロシ君に拘束衣を着せた病院の対応に、洋子お姉さんが激怒したからです。重苦しい空気と沈黙がみんなを覆いました。

しばらくして重い口を開いたのは、やはりお父さんでした。

「お母さんも同じ意見だろう」

「………」

お母さんは黙ったまま何も答えませんでしたが、その顔の表情でお父さんと同じ意見であることが分かりました。

突然、沈黙していたお母さんが声をあげました。

「ヒロシ！　ヒロシはテレビでも見ていなさい」

いつの間にかヒロシ君がリビングにやってきて、ボクを抱え込むと黙ったまま、ヒロシ君の将来についての家族会議に参加していたのです。

そのことに気づいたお母さんは、慌てて振り返ってテレビのリモコンのスイッチを押しました。ヒロシ君が好きではないニュース番組が映りましたが、お母さんにチャンネルを変える余裕はありません。

ヒロシ君の将来についての問題は、たとえ理解ができなくても、直接ヒロシ君には聞かせたくはなかったからです。

ボクを連れたヒロシ君がソファーに移動したとき、お母さんがハッと気づいてチャンネルを変えました。ちょうど都合の良いことに、歌番組がかかっていました。ヒロシ君は歌が大好きなのです。音程は外れていてもカラオケは得意です。

次の瞬間、ヒロシ君はボクをリビングのソファーに放り出したまま、すぐにテレビに釘付けです。大きなソファーの真ん中に陣取りました。それはお母さんの思いに応えたのではなく、テレビの歌番組が見たかったからだとボクは知っていました。

ヒロシ君は毎週放送のヒットチャートの歌番組が大好きなのです。

そしてすごいのは、ヒロシ君がどのチャンネルも、テレビ番組の週間スケジュールを正確に知っていることです。ただ苦手なのは、放送時間が無くなり野球の試合が途中で中断してしまうことです。応援している球団が負けていて、お父さんが怒っているとヒロシ君も不機嫌になります。

台風や地震などの臨時ニュースで、突然、画面が替わってしまうときも同じようにヒロシ君は口に出して文句は言いませんが、かなり困惑してしまいます。

ヒロシ君だけでなく、一定の決められたパターンが崩されることを嫌うのは、「拘《こだわ》り」

をもつ自閉症独特の症状のひとつなのです。

しかし、ヒロシ君の持っている特殊能力だけは、誰にも理解されていないようです。何故なら、ヒロシ君がテレビ番組を見るときは、必ずかすかに聞こえる程度までボリュームを下げて、小さくしてしまうのです。家族にはクチパクのようでほとんど唄声が聞こえません。

その理由は、ヒロシ君の子供の頃にさかのぼります。テレビの番組中のコマーシャルのときに、突然音量が大きく聞こえたのか、パニックを引き起こしてしまったからです。それからずっと石田家ではヒロシ君に適した音量でテレビを見ることにしています。

他のヒトには音が聞こえなくとも、ヒロシ君には正確に伝わっていると思うからです。今も精一杯、ヒロシ君は「静かな歌番組」を楽しんでいます。

ヒロシ君がテレビの前に腰掛けると同時に、お父さんの声が少し大きくなりました。

「お父さん！　もう少し小さな声で話して下さい」

冷蔵庫からビールを運んできたお母さんの注意に、お父さんは慌てて声を潜めました。冷えたビールがコップに注ぎ込まれ、白い泡がグラスのふちに立ち上がっています。

「洋子も飲むかい」

「ええ、いただくわ」

お父さんが洋子お姉さんに、空のコップを差し出しました。お皿にはソフトイカと柿ピーがのっています。お母さんはお酒を飲みません。お盆には最初からコップが二つ用意されていたのです。この展開をすでに想定していたお母さんは凄いとボクは思いました。

「ヒロシのことは親の問題だから、洋子は自分の幸せだけを考えてくれればいいよ」

お父さんはビールの泡を唇につけたまま何度も力説しています。

「お父さん、それは分かっているわ。私だって決して思いつきなどで、ヒロシのことを考えた結果じゃないわ。大学院まで行ってヒロシの病気の研究をしたのだから……」

お父さんは怒ってはいないのですが、ちょっと苦虫を噛んだような表情です。綱引きでいえば、かなり洋子お姉さんに形勢が有利なようです。

「だから高志さんとも出会えたじゃない。やはり『縁』は、ヒロシなのかしら」

お母さんが初めて口に出したのはやはりヒロシ君のことです。

「私も高志さんとは、よくよく話し合って決めたことだからヒロシの将来のことは心配しないで」

お父さんはグラスに残ったビールを一気に飲み干すと、大きく息を吐き出しました。ボクにはそれが溜息のように見えました。

「お父さんだって仕事をやめたら、お母さんとこれからどうやって生活していくの。お母さんも、もう鈴木建設では、パートでも働けないのでしょ?」

お父さんは洋子お姉さんに退職後の生活を見透かされ、少し動揺しています。

「俺たちのことはいいから……」

お父さんは洋子お姉さんの結婚に、自分たちが迷惑をかけることを心配しているようです。

「そんなこと言わないで、ヒロシの将来の問題も、家族の問題としてだけでなく私の将来の問題として考えてよ」

お父さんは一瞬、こわばった顔つきになりましたが、洋子お姉さんの真剣な眼差しに、もう言葉に出して反対しませんでした。

「実は、私の計画は、ただ北海道の帯広に引っ越しして、高橋さんの実家の牧場のお手伝いをすることだけが目的じゃないの……」

洋子お姉さんは何故かソファーに投げ出されていたボクを膝に引き寄せ、頭を撫でています。しかしその表情は真剣です。

「洋子がそう考えていても、高橋さんのご両親はヒロシが洋子について行くことには反対なさるでしょう。口には出さなくても、心の中では迷惑だと思っているかも……」

お母さんがお父さんの援護をしました。

「迷惑なんて……。最初のうちは手探り状態だけれども、私たちもヒロシが、高橋牧場の環境や仕事に慣れ、乳牛の世話や農作業を含めた作業療法に、ヒロシが適しているか見極めることがいちばん大切だと思うわ」

洋子お姉さんは必死で説得しています。

「それにヒロシの作業療法については、高志さんが開発した、ＰＣを使った作業解析装置で効率を確かめるから大丈夫よ」

「ヒロシのことだけじゃなく、牧場にしても農作業にしても全くの未経験だから、お父さんたちには北海道での生活は無理だよ」

お父さんは残ったビールをコップに注ぐことも忘れているようです。

「俺たちのことはいいから、もし、ヒロシが何か高橋牧場の仕事に役立つのなら、ヒロシだけを連れて行く選択肢もあるだろう」

お父さんの意見にお母さんがすかさず反応します。

「それは反対だわ。私たちがいっしょならまだしも、ヒロシを高志さんや洋子にだけ押し付けることはやめましょう」

お母さんも困った顔をしています。

「私はヒロシが北海道の大自然の中で、のびのびと暮らせるような、言ってみればヒロシのために『ナチュラルセラピー』の療育環境を作ろうと考えているの」

「いつの間にそんなことを考えていたの」

お母さんは驚いたように顔を上げ、洋子お姉さんの方を見ました。

「いつって……。高志さんとの結婚を意識した頃かしら」

お母さんの表情はたちまち驚きから不安に変わりました。側で聞いていたお父さんも同じです。

「そんな夢みたいなことを言って、洋子も高橋さんも本気なのか？　ヒロシを見て分かるように、大自然と言ったって、まったく新しい環境にヒロシが簡単に適応するなんて考えられない……」

お父さんも、打ち明けられたお姉さんの「ナチュラルセラピー」計画に唖然としています。

「洋子も覚えていると思うが、ヒロシがイチゴ狩りや田植え体験実習に行ったときもほとんど興味を示さなかったじゃないか……」

しばらく考え込んでいた洋子お姉さんがポツリと言いました。

「そうね。たとえじゃがいもにしても、ヒロシが農作業に興味を持ってくれるとは限らない。可愛いけれど乳牛にしても大きな牛を怖がるかもしれない」

洋子お姉さんはあえて否定的な言葉を投げかけています。

「でも、大学院で学んだ科学的根拠を探りながら続けていけば、大自然は知的障害者を受け入れてくれると思うの」

経験がない洋子お姉さんには「ナチュラルセラピー」に対する確たる自信はありません。でも、洋子お姉さんにはもっと別の壮大な計画があるのです。

コンピュータープログラムを専門にしている高志さんの発案で、ヒロシ君の作業の行動パターンを科学的に解析すると決めていたからです。ボクもまったく気が付きませんでした。ヒロシ君は高橋牧場で畜産や農作業の手伝いをするだけではなさそうです。

洋子お姉さんの治療の理想は、ヒロシ君への「愛」が基本なのだとボクは知りました。

ヒロシ君のこれからの生活をいっしょに考えてくれていたのです。

　ボクは、嬉しくて涙が出そうになりました。あの精神病院から救い出してくれたのも洋子お姉さんです。やっぱりヒロシ君のいちばんの味方は洋子お姉さんなのです。

「ヒロシはともかくとして、俺たちの生活まで、高橋さんや洋子が面倒を見る必要はないよ」

　お父さんは再びビールを入れたコップを片手に、まだ頑固に反対しています。

「そうじゃないの……。お父さんもお母さんもいっしょに『ナチュラルセラピー』を手伝ってもらうの」

「セラピーといっても、私たちはまるで素人だよ。今までのヒロシを見ていて農作業が適しているとは思えないけどね……」

　お母さんは額にしわを寄せ不安そうな顔をしました。お父さんの空になったコップに気づきません。

「大丈夫、長年、苦労してヒロシを育ててきたでしょう。その経験だけで充分よ。その実際の経験がいちばん重要なことだから」

「そうは言ってもお母さんには、洋子が言うＰＣを使ったセラピーの考え方にはついていけない……」
お母さんはお父さんに助けを求めました。
「お父さんの考えはどうなのかしら」
お母さんは自分だけでは賛成を決めかねているようです。とりあえず喉を潤すために
お父さんはちょっとぬるくなりかけたビールを泡だらけにしながら、グラスの中に注い
でいます。そこでお父さんは、はじめておつまみに手を伸ばしました。
「もし、かりに我々が北海道の帯広に行くとしたら、手伝うと言っても具体的に何をす
ればいいんだ」
お父さんの心が少し動いた瞬間です。
「広い牧場だもの、たくさんお願いすることはあるし、それにヒロシのためのセラピー
施設といっても『ナチュラルセラピー』の効果を得るためには時間もかかるし、高志さ
んとも手探りで始めるのだから……」
お父さんは、家族ぐるみで北海道に移住することにはまだ慎重です。ビールのビンが
空になっても決心がつかないようです。
「まずは、洋子が結婚して、帯広でしっかりと暮らせるようになってから俺たちを後か

ら呼んでくれても、遅くないんじゃないか。セラピーのことはヒロシが大自然の中で楽しく生活していけるか見定めてからだろう……」

お母さんは居たたまれなくなってビールをもう一本台所に取りに立ち上がりました。

「ヒロシにとっても帯広での生活は、環境が変わるチャンスじゃない？」

「チャンスは同時にリスクも伴うだろう。大切な洋子の結婚生活に最初から水を差すようなことには、お父さんは絶対反対だな……」

洋子お姉さんは、お父さんがヒロシを帯広に連れて行くことに反対することは予測していたのでしょう。下唇をぐっと噛み締めていますが、動揺はしていません。お父さんが重ねて言いました。

「理想を追うのはいいが、洋子がやろうとしていることは、決して簡単なことじゃないぞ」

「作業療法が大変なのは分かっている……」

何度も頷きながら、洋子お姉さんが答えています。しばらくは、みんな黙ったままでした。新しいビールを注がれたコップの泡がすっかり消えています。

「ところで、洋子の考えだけじゃなく、ヒロシに対しての、何とかセラピーについても高志さんは本当に大丈夫なの」

お母さんが心配そうに尋ねました。

「もちろんよ」

洋子お姉さんは婚約者の高橋高志さんに対しては自信があるようです。

ボクの意見も洋子お姉さんと同じです。

ヒロシ君には大自然の中で愛情たっぷりの家族と、そしてヒロシ君に対して、なんの差別と偏見も持たない植物や動物たちに囲まれて、一緒に仲良く暮らしていくのが、いちばん幸せだと思いました。それに高志さんが開発したPCを使った解析装置にも興味があります。

「それは北海道じゃないとダメなのか」

突然念を押すように呟くお父さんに、洋子お姉さんは大きく首を横に振りました。決して否定しているわけではありません。

「ヒロシのような知的障害者にとっていちばん重要なことは、彼らを療育して我々の社会に取り込ませ、共存させることじゃなくて、彼らが自然で住みやすい社会を我々が作ってあげて、我々の方から進んで彼らの価値観や考え方を理解して、一緒に暮らせる世界を作り出すことじゃないかしら」

　お父さんが反論しました。

「それはあくまでも洋子の理想論であって、実際にはヒロシが大自然の中に受け入れられるのか、それほど簡単なこととは思えない……」

　お父さんの現実論には、実体験での重さが感じられます。

「お父さんの言うとおり、そうかもしれないけれど、まずセラピーをやってみなければ、次のヒロシの行動解析のステップは踏めないでしょう」

「………」

　洋子お姉さんの意志の強さに、お父さんもタジタジです。

「お父さん、ヒロシの将来のためにも協力してよ」

　まずヒロシの療育より、高橋牧場での結婚生活を大切にして欲しいお父さんは不安でいっぱいになりました。お父さんの口からまた大きな溜息が出ました。

「ヒロシの将来をどうしたいのだ」

「ヒロシが生きていてよかった、楽しいって感じてくれるような、環境を作りたいの。それに……」

「それにって、まだあるのか」

「これからのヒロシのためにも、高志さんとも話し合って行動解析から新たな療育の可能性にチャレンジさせたいから」

「新たな療育って？　ヒロシがこんなに大きくなってからじゃ無理じゃないのか……」

洋子お姉さんには具体的には何も話さなかったけれど、何か作戦があるようです。

お父さんは苦笑いしながら、もう一本のビールの栓を開けました。三本目です。洋子お姉さんのコップにも注いでいます。もう怒ってはいないようです。

「分かった。洋子がそこまで本気で覚悟しているのなら、洋子とヒロシのために我々も洋子について行くか。それなら、お父さんは無条件で協力するよ」

「じゃぁ、お父さんもお母さんも、ヒロシと一緒に北海道の帯広に来て下さい。お願いします」

洋子お姉さんはお父さんに頭を下げています。

「ヒロシを洋子だけに押し付けるわけにもいかないからな」

「そんな、押し付けなんて……。ヒロシも大切な家族の一員でしょう」

「それに、ヒロシが幸せになってくれるのなら、俺たちがヒロシにやってやれなかった夢のためにも、その何とかいうセラピーに挑戦するのもいいのかな……」

　側で聞いていたお母さんのホッとしたような表情に、お父さんは抵抗するのをやめました。これ以上議論する必要はないと考えたからです。

「ずっと以前から、ヒロシのためのナチュラルセラピー計画は考えていたの」

　洋子お姉さんは別の大きな茶封筒から手書きの設計図を取り出しました。本気度がボクにも伝わってきます。

「お父さんに見せてごらん」

「素人の私が描いたのだから恥ずかしいわ」

　洋子お姉さんは嬉しそうに、設計図を広げています。一級建築士の免許を持っているお父さんの目が輝いています。

「ふむふむ、よくできているじゃないか。最初は、あまり大きくなく、機能的な生活環境を重視した形式がいいだろうな」

　机の上に身を乗り出すようにして、洋子お姉さんの手書きの設計図の上に、お父さんが鉛筆で加筆しています。お父さんが生きいきしている姿を見るのは久しぶりです。

「農作物の栽培、可愛い動物たちと触れ合う憩いの場と、高橋牧場の仕事の乳牛の世話や牛舎の掃除。それに雪国対策もしっかりとしないとね」

洋子姉さんの頭の中には帯広平野が広がっています。

「まずは高橋さんの意向も伺って、帯広での牧場や農作業の生活に慣れるところから始めたらいい……」

お父さんの言葉からすると、洋子お姉さんはお父さんを説得できたようです。

「高橋さんの実家にばかり迷惑をかけるわけにもいかないから、農作業や牛舎の掃除ならお父さんも手伝えるからね。それに、お父さんの退職金も役立ててくれればいいよ」

お父さんの表情がやっと明るくなりました。

「お父さんたちの老後に必要な退職金を使うわけにはいかない……」

「洋子とヒロシの将来に役立つのなら、喜んで提供するよ。こんなときにこそお金は使うものじゃないか。そうだよな、お母さん」

洋子お姉さんの夢は、ヒロシのための「ナチュラルセラピー」のビジョンでしたが、こんな話に展開するなんて考えてもみなかったことです。嬉しい誤算です。そして、なによりもお父さんお母さんがいっしょにヒロシ君を連れて、帯広市に引越しすることを承諾してくれたことが一番の収穫でした。

「お父さん……、ありがとう」

「洋子や高志君にまでヒロシの将来を負わせてしまったことを気にしていたのだが、ヒロシのために、ヒロシと一緒に働くことができて、しかも洋子の将来の夢に役立つなら、こんなにも幸せなことはない……。」

お父さんの言葉にお母さんはもう涙ぐんでいます。それを見ていたボクも思わずもらい泣きしてしまいました。

お母さんがエプロンで涙を拭きながら、ポツリと言いました。

「洋子も知っているように、私たちの生活は、すべてヒロシが中心だったでしょう。振り返ると大変なことばかりでも、むしろこの子がいてくれたからこそ、私たちも頑張って生きてこられた気がする。北海道の帯広に行ってもヒロシの面倒はお母さんたちがみるから、お前はお婿さんの高志さんを大事にしてあげるのだよ」

もうこれ以上、洋子お姉さんは「ナチュラルセラピー」については語りませんでした。ボクは洋子お姉さんのセラピー構想がどこまで進んでいるのか分かりません。しかし、ただ、ヒロシ君の仕事が高橋牧場で乳牛の世話をしたり、畑で農作物を育てたりするだけじゃないのだと初めて知りました。

ヒロシ君にとって、これからどんな道が開けていくのか、今からワクワクしています。

「まず、石田家の引越し大移動を、何よりも優先して始めましょう」

洋子お姉さんの言葉をうけて、お父さんがお母さんに言いました。

「お母さんもグラスを持っておいで」

お父さんの言葉を受けて、ヒロシ君にはオレンジジュースが入ったコップが運ばれてきました。新しい四本目のビールの栓を抜く心地よい音がしました。

ソファーから立ち上がったヒロシ君も参加して、グラスが触れ合います。

「洋子の結婚おめでとう。乾杯、乾杯！」

お父さんの音頭がこだましました。家族全員が笑顔です。

「洋子の結婚を機に、家族全員で北海道の帯広に開拓移住をしてみるか」

「開拓だなんて、大げさよ。高志さんのおじいさんの時代ならいざ知らず。高橋牧場の広さは東京ドーム三つ分に匹敵するぐらい広大な土地なのよ」

「えっ、そんなに広いのかい」

お母さんが目を丸くして驚いています。ボクにも想像がつきません。

「よしっ、引っ越し大移動だ。お父さんたちの第二の人生についても、今回はいい結論が出てよかったよ」

「引越しは大移動です！　引越しは大移動です！」

ジュースをたいらげ、再びテレビを音なしで見ていたヒロシ君が立ち上がって叫びました。お父さんの引越しコールに答えたのでしょう。

洋子お姉さんの熱意によって家族会議がまとまりました。

このようにして、広々とした北海道の帯広市、十勝平野に石田一家は移り住むことになったのです。

ヒロシ君とボクの新しい生活が始まるのです。

第二章
家族愛

五月五日、ゴールデンウィークの最中ですが、ついに石田一家の引越しの日がやってきました。

結婚を控えた洋子お姉さんの引越し準備は、半年も前から始めていたのですが、なかなか思うように捗《はかど》っていないようです。

お父さんは挨拶回りで、昼過ぎには帰宅する予定です。

今朝は早くから大勢の引越しセンターのスタッフがやってきました。これまで、こんなにたくさんの人がヒロシ君の家に集まってきたことはありません。

「私、ちょっと二階でヒロシを見てくる」

知らない人たちが大勢やって来て、ヒロシは大丈夫かしら……。急に洋子お姉さんは心配になってヒロシ君のいる二階の部屋へ上がってみました。

驚いたことに、次々と梱包される家具を、ヒロシ君は真剣な眼差しで見つめています。手際よく引越しの制服を着たお兄さんたちによって、家具や荷物が梱包され、家から運び出されているのです。

「ヒロシ！　ダメよ。お兄さんたちの引越しの邪魔をしたら」

洋子お姉さんは思わず大きな声を出しました。

「大丈夫ですよ。彼はヒロシ君って名前ですか。ヒロシ君は引越しするのが嬉しいらしくて、むしろ手伝ってくれますよ」

宮野と名札をつけたスタッフの青年がニコニコと笑顔で答えてくれました。

「それならいいのですけれど……。ご迷惑になるようでしたら言って下さい」

「いやいや、ヒロシ君は何でもよく知っている。賢くてすごく性格がいい弟さんですよ」

洋子お姉さんは自分のことをほめられたように顔を赤らめました。

なんと、ヒロシ君がダンボールの箱の上に、部屋ごとに色分けされたシールを貼り付けています。それはあらかじめ、洋子お姉さんがマジックで書いた番号札に合わせているからです。

「黄色は二階のヒロシ君の部屋。荷物の梱包も黄色いシール。そして今度の帯広の部屋も二階なのです。黄色がヒロシ君の部屋の目印です。しかし、引越し荷物が多くて大移動は大変です」

ヒロシ君が初めて出会った宮野さんと会話をしています。

「このとおり、部屋の分別シールも間違えずに貼ってくれるのですよ」

いつの間にか宮野さんはヒロシ君と仲良しになったようです。

思い切って捨てたつもりでも、荷物は後から後から、まるで部屋の中から湧いて出てくるように増えていきます。山積みになったダンボールを、引越しスタッフのお兄さんたちが次々と運び出しています。そこへ数人のスタッフが二階にやってきました。

「さあ、今度はヒロシ君の部屋だよ」

それを見た宮野さんがヒロシ君に話しかけました。

「黄色です」

すかさずヒロシ君が答えました。

「そうだね。ヒロシ君が決めた部屋の荷物は全部、黄色のマークだったね」

実はそうではないのです。洋子お姉さんが、建築中のヒロシ君の部屋の見取り図に黄色のマーカーで囲ってくれていたときから、ヒロシ君は自分の部屋のカラーは黄色と決めていたようです。その要望に合わせて、黄色のシールはヒロシ君の部屋と理解した宮野さんが決めていたのです。

一度下の階に降りていた洋子お姉さんが、急ぎ足で二階のヒロシ君の部屋に戻ってきました。

「ヒロシの部屋の荷物は私も手伝いますから……」

洋子お姉さんは心配そうに宮野さんに尋ねました。

ヒロシ君の部屋のベッドやタンスの中はまだ何も整理できていません。ヒロシ君の状況に配慮して、直前まで箱詰めにするのは待っていたからです。

しかし、ヒロシ君の机の中身はすでに、すっかり段ボールに詰められていました。

後ろから覗き込むように洋子お姉さんが声をかけます。

「すみません……。邪魔にならなかったですか」

「いいえ。ヒロシ君が手伝ってくれたのですよ。それにしても机の引き出しの中はきれいに整理整頓がされていて驚きました。ヒロシ君は几帳面なのですね」

几帳面という言葉に、洋子お姉さんは嬉しそうです。

すでにヒロシ君の部屋では別のスタッフが、家具を動かす前に、部屋の中の写真を取っています。さっそく宮野さんが、整理ダンスの上に座っているボクを見つけました。

「このクマのぬいぐるみは、ダンボールに入れますか」

「トニーです。トニーです」

慌てたヒロシ君が大きな声を出してダンボールの中に入れかけているボクを受け取ると、胸に押し付けるようにして抱きしめてくれました。

引越し騒動でも、ボクのことは忘れていなかったのです。

「このぬいぐるみは、ヒロシ君の親友でしょう」

宮野さんは、ニコニコしながら洋子お姉さんに尋ねました。

「そうなんです。彼にとって、クマのトニーは特別の存在なの」

洋子お姉さんが答えています。

「トニーという名前がついているのですか、可愛いですね……。ヒロシ君には親友がいてよかったね」

宮野さんは、きっとどこかで自閉症の子供と会ったことがあるに違いありません。ヒロシ君との接触の仕方が、まるで本物のセラピストのようだからです。

それとも家族の中に知的障害者がいるのかもしれません。しかし、洋子お姉さんはその話題には触れないようにしています。

宮野さんのおかげでヒロシ君の部屋の家具もベッドもカーテンも、まったく何の問題もなく梱包されていきます。

ひときわ大きな声が、下の階のリビングの方から聞こえてきました。今日も手伝いに来てくれている昌子おばさんの声です。

「お昼のお弁当が届いたわよ」

その声を聞いて、一番早く駆け出したのはヒロシ君でした。


十勝帯広空港から、国道二三六号線を帯広駅に向かって車を走らせ、西南大通りに左折しました。もちろん帯広空港から直接来たわけではありません。飛行機が苦手なヒロシ君のためにお父さんとお母さん、それに昌子おばさんの長男である真人君も、北海道までの長距離を二日もかけて車で運転してくれました。

結婚式の準備がある洋子お姉さんは、車ではなく一足先に飛行機で到着しているはずです。

東京三鷹市から北海道帯広市への引越し大移動は、ヒロシ君の到着によってようやく完了しました。

ヒロシ君を迎えてくれたのは、庭と言うより広場に植えられていた、樹齢百年にもなる大きな桜の樹です。帯広ではちょうど桜が満開で、美しい青空にとけ込んでいます。

しかし、広くなった新居とはいえ、次々と運び込まれた山のような荷物の整理で石田一家はパニック状態です。パニックを起こしていないのはヒロシ君だけです。そんなドタバタ状態ですが、とにかく帯広での第一歩が始まりました。

そして一カ月が過ぎた今日、六月六日は、晴れて洋子お姉さんと高橋高志さんの結婚式の日なのです。

前途を祝福するように、この日も空は真っ青に晴れ渡り、澄み切って空気も新鮮です。

東京の気候とは違って十勝の帯広市では、六月に入ってから桜の樹が葉桜に入れ代ります。それは昔ヒロシ君の背中越しに応援したマラソンランナーのように、あっという間に目の前を走り去っていきます。

北海道帯広市西二条のグランドパークホテル前のトテッポ通り沿いには、若葉に彩られた桜の樹木が新しい香りと共に、春から初夏の衣替えのタイミングを伝えてくれています。

突然ヒロシ君は車の屋根の窓を洋子お姉さんに開けてもらい、もう散り去ってしまった花びらを受け止めようと口を大きく開けました。

ボクにはすぐに分かりました。おそらく東京三鷹市の桜並木を思い出しているのに違いありません。

「ヒロシったら、あくびなんかして……。式の間ぐらいは我慢しなさいよ」

式場へ向かうお母さんは気が気ではありません。

マイペースなヒロシ君が、初めて経験する結婚式や披露宴の最中にパニックを起こし、結婚式を台無しにすることを恐れているからです。

意外なことに、お父さんは落ち着いています。ヒロシ君のパニックの心配より、洋子お姉さんの結婚の方が嬉しいからです。

「お母さん、ヒロシは大丈夫。たとえ、披露宴に大きな声を上げたりパニックを起こしても、怒ったり、とがめたりしないでね」

「洋子がそう言ったって……。突然、ヒロシが奇声を出したら心配だわ」

「そうです。ヒロシ君は心配なのです」

突然後ろの席のヒロシ君が声を上げました。

お母さんの不安顔にもかまわず、洋子お姉さんは声を出して笑いました。

「ヒロシは冗談を言っているのだから……」

「冗談はヒロシ君です」

それを聞いた、お父さんもお母さんも笑い出しました。家族だけが理解できる不思議なコミュニケーションです。

「ヒロシは大切な弟だから、緊張のあまり感動して騒いでもかまわないから」

そう言っていた洋子お姉さんが、心配する家族の反対を押し切って、ヒロシ君を結婚式に参加させることを決めたのです。ボクもヒロシ君といっしょに参加できるのが、嬉しくて大喜びです。

洋子お姉さんは弟のヒロシ君が知的障害者であることを隠したりしません。

結婚式や披露宴にもヒロシ君は出席します。知らない人が大勢いる中でじっと座っていられるのかが心配ですが、ボクはぜんぜん心配していません。大好きな洋子お姉さんの晴れ姿に「感動？」感激しすぎて、小さな雄叫びやオナラは漏れるかもしれませんが、それは許される範囲だと思います。

厳かな和楽器の音楽とともに結婚式が始まりました。三々九度の杯を取り交わす新郎の高志さんも白無垢姿の洋子お姉さんも緊張しているのが、ここまで伝わってきます。ヒロシ君も緊張していますが、あのパニックを起こす前の緊張ではありません。留袖を着ているお母さんが、袖口からハンカチを取り出しそっと目頭を押さえています。じっと立っていられないヒロシ君の身体は、左右に大きく揺れていましたが、雄叫びもオナラも出ませんでした。右手でボクの手をしっかりと握りしめています。

最近、知的障害者領域の位置づけを分類すると、その中の高機能群としてアスペルガー症候群が特に注目を集めています。

何故ならば、実際にアスペルガー症候群と診断されている人の中には結婚生活を送っている実例が数多くあるからです。結婚生活の中で一方が、あるいは双方がアスペルガーと自覚している場合も、していない場合もあるようです。しかし、ヒロシ君は自閉症であってアスペルガー症候群ではありません。アスペルガー症候群は全く違う病態だと報告する研究者も大勢います。

かつてボクはヒロシ君の体験入所ステイに付きあったことがあります。年長組を受け入れている広汎性発達障害者の施設で、入所者の多くは自閉症者です。

施設内で起きた朝の出来事です。ボクもヒロシ君の背中におんぶされたまま洗面所にやってきました。そこには今年二十八歳になったばかりの真由美さんが顔を洗って歯を磨いています。その時です。洗面台にやってきた年下の武彦君に向かってこう言いました。

「タケちゃん！　タケちゃん！　愛している。愛している。愛している」

愛を連発して叫んでいます。そう言ったかと思うと、突然、背伸びして武彦君のホッペにチュウをしたのです。

真由美さんの行動は、なんの躊躇する素振りもなく数秒の早業でした。しかも、口の周りは、まだ歯磨き中で真っ白です。

当の武彦君は真由美さんから逃げるでもなく、顔をそむけるでもなく、ホッペに歯磨き粉がベタベタについても、なされるがままでした。

武彦君のリアクションはほとんどありませんが、まんざらでもない様子です。なぜならばその真由美さんの言葉を受けて、返答したからです。

「愛している？　愛している？　愛している？　愛しているでしょう……」

結構はっきりとした大きな声です。しかし、その言葉とは裏腹に顔の表情は乏しく、まるで幼稚園児の学芸会のセリフのようです。

いや、ごめんなさい。幼稚園児のほうがずっと感情移入が上手でしょう。

その後すぐに真由美さんが、ばたばたと足早に洗面所を走り去ったのは、決してその行為が恥ずかしくて逃げ出したのではありません。

でも、その行為に満足したのか、口をすぐのを忘れてしまったようです。

そばで見ていた洗面台の仲間たちは、彼らの行動には何の興味も関心も示しません。

といって、わざと無視しているわけでもなさそうです。

側にいたヒロシ君の反応も、気にはしているようですが無関心でした。真由美さんは
テレビを見て、何かで「愛している」という言葉を覚えたのでしょう。

「愛している」という言葉がどういう意味合いを持っているのか、この深い言葉の解釈

を理解したうえで、二人が使っているとは到底思えません。でも、真由美さんが武彦君に好意を抱いていることは紛れもない事実です。

しかし、プラトニックラブのコミュニケーションを考えると、これも違った次元での「愛の形」かもしれません。自閉症者には相手を好きか嫌いかは、敵か味方かのようにはっきりしているようにも思えました。

施設の先生方は二人の関係を知っていて、むしろ微笑ましいと見守っているようです。大人たちが心配するような、これ以上の恋愛関係に発展する懸念はまったくないとのことでした。

それが本当に二人にとっても、正しいことなのかどうかはボクにも分かりません。しかし、知的障害者が抱く「愛」が愛でないと誰が言えるのでしょうか。ボクにはそれは非知的障害者が判断することではないと感じました。

洋子お姉さんのお婿さんになった高志さんは、ヒロシ君を本当の弟のように可愛がってくれます。帯広に来てからは、ヒロシ君をお風呂に入れてくれるのも高志さんの役割です。

もちろんヒロシ君は一人でもお風呂に入れますが、昔からお風呂が苦手なようです。俗に言う「カラスの行水」で、よく洗わないですぐに上がってきます。

だから、誰かがいっしょに入って、身体を洗う順番をひとつずつ指示しながら石鹸の付いたタオルでゴシゴシこすってから流し、湯船にゆっくりと浸かることが必要なのです。

しかし、ボクは知っていますが、実は、ヒロシ君は熱いお湯に入るのが嫌いなのです。体温に近い三七度以下でないと、足も湯船につけようとはしません。

以前、主治医の先生からヒロシ君の皮膚の知覚過敏について、温痛覚（知覚神経）には特に異常ないと言われていますが、皮膚知覚の検査は自己申告ですから、過敏反応についても本当のところはヒロシ君にしか分かりません。

ヒロシ君を可愛がってくれる高志さんもその辺は心得たもので、いっしょにぬるいお湯に入ってくれるのです。ボクは高志さんが湯冷めしないかといつも心配しています。

その高志さんが、最近になってひとりで悩んでいることがあります。

今までなかなか言い出すきっかけがなかったのですが、今夜は思い切って洋子お姉さんに打ち明けることにしました。

夕食の後片付けを終えた洋子お姉さんが、リビングにやってきました。

「ヒロシのお風呂は終わったの？」

「ああ、今、僕といっしょに出たばかりだ。風邪を引かないように、湯船にしっかりと浸かったよ。髪も洗ってよく乾かしたからね。今は、二階の自分の部屋にいると思うよ」

「そう、じゃあお母さんたちにお風呂があいたからと、言ってくるわ」

リビングを出ようとする洋子お姉さんに、高志さんが後ろから声をかけました。

「洋子、ちょっと話があるのだけど」

「どうしたの？　あらたまって……」

洋子お姉さんは立ち止まって振り返りました。高志お兄さんは少し緊張しているようです。

「いや、お風呂をお母さんたちに勧めてからでいいよ」

高志さんはちょっと気まずそうな表情で答えました。

五分もしないうちに、洋子お姉さんが、再びリビングに戻ってきました。

何かを言い出すきっかけがないまま、高志さんは、一人で北海道産モルトのウイスキーの水割りを作って飲んでいます。おつまみは自家製のチーズとポテト揚げです。いつもは楽しそうに飲んでいる高志さんが、少し緊張しています。

「洋子も飲むなら作るけれど」

「私、お酒はいいわ……。それより話って何？」

「うん……」

高志さんはグラスの中の水割りを、ひとくち喉に流し込みました。テーブルに戻したグラスの中で、溶けかけた氷の塊だけがカラカラと音を立てて回りました。

高志さんは、胸のうちを思い切って口にしました。

「実は、僕たちの将来についてだけれど……」

洋子お姉さんは黙ったままです。すぐに話の内容が分かったのでしょう。機嫌が悪そうです。こんな表情の洋子お姉さんをボクは今まで見たこともありません。

「洋子は、僕たちの子供は欲しくはないのかい？」

高志さんから突然言い出した告白にも洋子お姉さんは驚きませんでした。

「そのことについては、結婚を決めたときにも話し合ったでしょう。もう少し待って欲しいの……。今は考えたくない」

予想はしていたものの、洋子お姉さんにとってはあまり問われたくない問題だったのでしょう。リビングの椅子に深く腰掛けた洋子お姉さんの心の中は複雑なようです。

「そうか……」

考え込むように高志さんが、フーっと大きな溜息をつきました。

「僕は子供が大好きだけど……。洋子の気持ちを考えると、どうしてっていうより、感覚的に拒否反応が出ちゃうのだろう」

「そんな単純に解決できる問題ではないわ」

「洋子が嫌がるその理由は分からなくもないが、僕たちの子供は僕たちの宝物で、ヒロシ君とはまた別の問題だからね」

「…………」

それを聞いていた洋子お姉さんは、また黙ったままです。あれほど仲のいい二人が、喧嘩するなんて考えてもみなかった展開です。

しばらく時間がたって、ぽつりと高志さんが小さな声で言いました。

「僕は、早く洋子との子供が欲しいだけだよ」

「高志さんが言いたいことは、痛いほど分かっていても、今の私には自分の子供を産んで育てる自信がないの……」

こんなに深刻な面持ちの洋子お姉さんを、ボクは見たことがありません。

実は結婚当初から神経質なほど避妊にこだわる洋子お姉さんに、高志さんが注意したのがことの始まりでした。こんなにも信頼し、互いを理解し、また愛し合っていてもこの問題が抱える溝の深さは計り知れません。

「そんなに、子供を産むことにナーバスにならなくても、子供は神様からの贈り物だろう」

「そう、ヒロシも神様からの贈り物よ」

洋子お姉さんの言葉がずっしりと重く高志さんに圧し掛かってきました。

「ヒロシ君とはまた別の次元の問題だろう。自然にできたら産めばいいじゃないか」

「作るのはあなたでも、産むのは私……」

一瞬、高志さんが考え込みました。助太刀はウイスキーしかありません。

「もしも万が一、産まれてきた子供が知的障害だったとしても、責任は神様じゃなくて僕たちにあるのだから、その子供は二人の愛情を持って受け入れればいいじゃないか」

「子供を産むことが嫌で心配しているわけじゃないわ。今の私には子供が欲しくないだけなの……。将来は分からないけれど」

「いったい、いつまで待っていれば洋子の気持ちが変わるんだい」

「そんなに焦らさないで……」

高志さんは椅子から立ち上がると、ソファーに座っている洋子お姉さんを背後から両手で抱きしめました。しかし、洋子お姉さんは身体をいっそう硬くさせるだけです。とてもそんな高志さんの気持ちを受け入れる雰囲気ではありません。

二人の気持ちのずれは、ますます広がっていきます。ボクは心配でたまりませんでした。

「洋子のお母さんだって、ヒロシを立派に育てたじゃないか」

「ヒロシの成長のどこが立派なの？　ただすべての事実を諦めて受け入れただけじゃないの」

洋子お姉さんはもう涙ぐんでいます。

「そういう意味で言ったわけじゃないよ。お母さんの努力は認めてあげなくては」

「母だけではないわ。父もある意味ではヒロシの犠牲者かもしれない」

「犠牲者だなんて……。そんな言い方はやめろよ」

高志さんは洋子お姉さんをまだ離しません。

「ヒロシは病気に侵されたのだから、脳の発達障害の原因からするとヒロシもまた犠牲者の一人でしょう」

高志さんは洋子お姉さんの口から出た犠牲者という言葉に驚きました。

「今の現状では、過酷な現実を受け入れるしか方法がないじゃない。これが不条理でも神様の審判には従わなければならない」

「洋子だけが背負っていると、疲れて腰が曲がって来るよ」

高志さんはなんとか洋子お姉さんとのこじれた関係を回復したくて、言葉を柔らかく表現しています。

「私は自分を犠牲者とは思っていない。でも母親のように強くない……」

「大丈夫だよ。だから発達障害の病因の研究に携わったのじゃないか。これからもＰＣを駆使して行動解析から道が開けるかもしれない。いっしょに頑張ろうよ」

ボクはそこまで覚悟をしている高志さんに感心しましたが、しかし、洋子お姉さんの反応はまた違ったようです。

「何が大丈夫なの。そんなに簡単に自閉症の子供を育てるなんて言わないで」

高志さんの両手を強く振りほどいた洋子お姉さんが、めずらしく怒っています。

とうとうボクが心配していた事態が起こりました。

「お酒を飲んだ勢いでそんなこと言わないで……。顔が真っ赤よ」

「そんな……。僕だって、酒を飲んだからって、思いつきで言っているわけじゃない。ヒロシ君の将来は僕たち夫婦が精一杯手伝うとして、僕たちの将来は、僕たちのものじゃないか。たくさん子供を作って二人で切り開いていけばいいじゃないか。必ずしも知的障害の子供が産まれると決まっているわけじゃないだろう」

「もういい……」

洋子お姉さんは、それから高志さんに対してなにも話そうとはしませんでした。

「君を愛しているのだから、洋子との子供を欲しがるのはあたりまえじゃないか」

高志さんは洋子お姉さんが自分の気持ちを受け入れてくれない不満を、ふたたび酒に求めました。空になったグラスに再びウイスキーを注ぎ込みます。

「身体を壊すからあまり飲みすぎないで……」

「酒でも飲まないといられないよ。辛くて」

その言葉に反応するように、洋子お姉さんは立ち上がってアイスペールから、大きい氷の塊を拾い上げると高志さんのグラスの中に沈めました。

マドラーが回され、琥珀色の液体がグラスの中で踊っています。少しでも氷で薄めてウイスキーの量を減らしたい洋子お姉さんの気持ちが、ボクのところまで伝わってきます。

「高志さん、ごめんなさい……。つい嫌なことを言ってしまって。ヒロシのことでも、高志さんにばかり迷惑をかけているのに……」

洋子お姉さんの瞳は涙で溢れています。

「迷惑なんて思ったこともないよ。僕のほうこそ声を荒げてしまって悪かった」

「ヒロシの将来のことを考えると不安になって」

「それより洋子が考えている『ナチュラルセラピー』の計画をもっとドラスチックに進めたいだけなんだ。夫婦なのに水くさいじゃないか」

高志さんの気持ちがリビングに波紋のように広がっていきます。

グラスの中の氷が溶けるように、わだかまりもゆっくり溶けていきます。

「ごめんなさい。高志さんの気持ちは分かっているわ。でも、やはり自分の子供を産むのは怖い……。もう少し時間を下さい」

「いいよ、僕が悪かった。もうこの話は終わりにしよう」

高志さんが、黙って右手を伸ばし、再び空になったグラスにウイスキーを少しだけ注いでいます。先ほどより明らかにウイスキーの量は減っています。

今度は高志さんが自分でマドラーを手にしました。氷と水を混ぜる音がカラカラと部屋の中に響いています。

ふたりの会話は途絶えたままですが、雰囲気は悪くありません。

洋子お姉さんが、ゆっくり立ち上がるとリビングの木棚に置いてあったボクを取り上げてくれました。再び椅子に腰掛けると、膝の上に抱え込むようにしてボクの頭をやさしくなでてくれています。

突然、ボクの顔の上に温かい雫が落ちてきました。見上げるとそれは洋子お姉さんの大粒の涙です。

今までどんなことがあっても、洋子お姉さんは人前で涙を見せたことはありませんでした。それなのに、こんな涙もろい洋子お姉さんを見たことがありません。女性は結婚するとこんなに変わってしまうものなのでしょうか。

こんなに愛し合っている二人が、なぜ喧嘩しなければならないのか、その理由をボクが詮索するのはやめました。その原因はヒロシ君に関係するからです。

ボクにはよく分かりません……。洋子お姉さんが結婚する前に持っていた理想と現実、しかしそんな単純な問題ではなさそうです。

これは、高志さんが悪いわけでもなく、もちろん洋子お姉さんが悪いわけでもありません。誰も悪くないことだけは、ボクにだって分かります。

ボクは、静かに見守ることにしました。

第三章

広汎性発達障害研究会

　洋子お姉さんは、東京の武蔵野市にある都立医科大学が主催する広汎性発達障害研究会に非常勤研究員として参加することにしました。洋子お姉さんが健康学部の修士を卒業してはじめての研究会です。高志さんも同じ立場の研究員ですが、二人が高橋牧場を留守にすることができず、洋子お姉さんが代表で会のお手伝いをすることになったのです。

　ボクもヒロシ君の写真といっしょに連れてきてもらいました。洋子お姉さんにとっても、久しぶりの上京です。

大学の構内はキャンパスを通り抜けると、学生時代の懐かしい雰囲気が漂っていました。それに医学部、健康学部共同の研究会の会場が医学部であることは、何か自閉症に対しての新しい知見があるかもしれないと洋子お姉さんは期待していたのです。

医学部附属病院では、日曜日にもかかわらず白衣姿の医師や看護師がたくさん行き来していています。洋子お姉さんのそばを一組の家族連れがすれ違いました。手に花束を持っているから、入院患者をお見舞いに来たのに違いありません。

掲示板の前で広汎性発達障害研究会の会場案内図を張り付けていると、洋子お姉さんは後ろからひとりのお母さんに声をかけられました。

「石田さんのご家族？　確かヒロシ君のお姉さんの洋子さんじゃない？」

「ええ、そうですが……」

「一度お目にかかったことがある、田代みどり子です。

確か、四年前の療育の会での懇親会を覚えていらっしゃる？　ご両親とヒロシ君と一緒にいらっしゃったでしょう」

洋子お姉さんは、やっと思い出したようです。帯広に引っ越す前の出来事はずいぶん昔のことのように思えたからです。しかしその療育の会の縁で小柴田教授に勧められ、都立医科大学健康学部の大学院に進む決心をしたのです。洋子お姉さんは大学で臨床心理学を専攻していたのですが、ヒロシ君の病態を知るには、化学的アプローチが不可欠だと考えたからです。

「ぼっちゃんは、確か孝彦ちゃんでしたね」

洋子お姉さんも思い出したようです。

「そうです。孝彦も十一歳になりました」

「今日は、おひとりですか」

「はい、孝彦は母にあずかってもらってきました。今日行われる研究会は、今まで参加した講演会と違って自閉症研究の最前線の研究成果が発表されるらしいですよ。海外での研究結果も聞かれるから来ましたが、楽しみです」

田代さんは、ヒロシ君の洋子お姉さんが小柴田教授の研究室に在籍していたことは気付いていないようです。

広汎性発達障害の発症誘因を検討する目的で、ラット妊娠時の羊水中のアミノ酸の分析が洋子お姉さんの研究テーマでしたが、もちろん、田代さんは知るはずもありません。

「さあ、行きましょう」

洋子お姉さんよりひと回り上の田代みどり子さんは、洋子お姉さんのことも、ヒロシ君のこともよく知っている素振りです。

会場である医学部の大講堂はすり鉢状の階段教室です。田代みどり子さんは、受付で名前を記入して名札をもらい、前の方の座席に案内されました。

そこで初めて洋子お姉さんが、小柴田教授の研究員だと気づいたようです。驚いているみどり子さんを会場に残し、洋子お姉さんは受付に戻ってきました。

参加者のほとんどは知的障害者の家族のようです。不思議な緊張感が会場には漂っていました。洋子お姉さんをはじめ、多くの研究員が会場の中に入りました。

時間になり、講演会が始まりました。知的障害研究の第一人者である東都大学医学部の川瀬教授が司会を務めます。

「本日も、お忙しい中をお集まり下さいましてありがとうございます。今回の演者は知的障害の脳科学研究をされている、お二人の先生にお願いしました。特にご家族の方々からは医学的アプローチに対する進捗が遅れているとのご指摘がありましたので、お願い致しました。少し専門的な話になるかもしれませんが、ぜひお聞き下さい」

最初に紹介され、マイクを握ったのは都立医科大学の小柴田教授でした。

小柴田先生の第一声は、衝撃的でした。

「ただいま川瀬先生から紹介いただきました小柴田です。これはまったく私が立てた仮説であって医学会などで証明されたわけではありません。まず皆様が関心をお持ちの自閉症という病気の発症原因ですが、小児自閉症の発症のメカニズムは、胎生期における胎児側の脳内におけるアミノ酸代謝障害ではないかと考えています」

はじめて聞く衝撃内容に会場がざわめきました。みどり子さんも驚きました。小柴田先生は淡々と説明を続けています。

「何度も繰り返しになりますが、あくまでも私的仮説の病因論で、証明されたわけではありません。世界的に認知されているのは脳機能障害の発症時期は胎生期の、それも早期の段階でスタートしているというのが、最近の学説です」

講堂の照明が消されスライドが正面に映し出されました。講堂の中では話声ひとつ聞こえません。

「病因を探る研究には仮説を立て、それを証明していくことが大切なのです」

マイクの手を持ちかえた小柴田先生が、演台の上で一歩前に出ました。

「脳組織における神経伝達のニューロンの構築異常が誘発されるとすれば、それは材料の問題か、作るための道具の問題か、作り方そのものなのか、の三つの選択肢があると考えられます」

小柴田先生は難しい内容をかみ砕いて、丁寧に説明してくれています。

ただし映し出されたスライドは、すべて英語であって、国際学会で使われたものでした。小柴田先生が最初に示唆したのは、病因論の概念でした。

田代みどり子さんは熱心にノートに書き写しています。

「まず原因が材料であるならば、それは蛋白質であり、蛋白質でできている脳組織に必要なアミノ酸です。次に作る道具に関しては酵素、補酵素、酸素、その他にも糖質やビタミンなども関与しているかもしれません」

会場は静まり返っています。衝撃的な発想の展開に、自閉症児を抱えた家族も驚いているようです。

「最後に作り方の問題ですが、それは設計図であるＤＮＡの問題です。そこでまず設計図を解明するのにはリンケージアナライシス、すなわち遺伝子解析をすることです。その説明には次の演者である村上先生の遺伝子研究についての講演にお任せします。

そこで私が着目したのが材料であるアミノ酸説です」

非常に難しい研究内容を分かりやすい言葉で、丁寧に解説してくれています。

しかし、初めて聴く障害者の家族には衝撃的で難しいと思いました。

小柴田先生は、仮説を立ててそれを立証するために、いろいろな角度から研究することが、真実の解明の近道であると強調しています。

現在、先生の研究室ではラットを使って、胎生期の母体の羊水中に含まれる四十余りのアミノ酸を分析しています。その一助には洋子お姉さんの研究もありました。また、研究室では胎児ラットの脳組織中に含まれる神経伝達物質であるカテコールアミンやインドールアミンの動態も検討して、国際神経科学会議に発表していますが、専門的すぎるので今回の講演では触れませんでした。

自閉症の発症原因について、すべてにおいて可能性があるならば、必ず仮説を立て、解明にチャレンジすべきだと力説しています。先生の話は説得力があります。

小柴田先生の持ち時間である一時間はあっという間に過ぎていきました。

司会者の川瀬教授が質問を受け付けましたが、内容が動物実験の結果であったためか、しばらくは誰も手を挙げませんでした。

「このような専門的な研究発表を聞く機会は、なかなかないでしょうから、ぜひ遠慮なく質問下さい」

ひとりの母親らしき年配の女性が、恐る恐る手をあげました。

「先生のアミノ酸説が正しければ、なぜ自閉症は男の子に多いのですか？」

小柴田先生が再びマイクを握ります。

「これもまた仮説ですが、男の子と女の子では、血液脳脊髄関門といわれているブラッドブレインバリアーの機能が異なるからだと考えています。この機能については男性が女性に比べて脆弱であるといわれており、それが性差に現れている、つまり性染色体の問題ではないと考えていますが、それはまだ証明されたわけではありません」

今度は数人の手が上がりました。

「先生のアミノ酸説だとして、治すことは可能なのでしょうか」

「まだ動物実験の段階で軽々に申し上げるのは問題がありますが、将来には可能性としては皆無ではありません」

小柴田先生の発言に、二百名を超す参加者全員の熱い視線が先生に集まりました。治るという言葉は、今まで聴いたことがなかったからです。会場がざわつきました。

「しかし治療についてはこれから発症するニューロンの構築異常システムを是正することで、今、障害を抱えている自閉症児に対する治療法ではありません」

小柴田先生は続けます。

「それにしてもまず治すためには原因を特定しなければなりません。脳の神経伝達経路の構築の準備はできていても、システム機能としては胎生期ではほとんど代謝メカニズムは働いておりません。それが突然、出産直後から数百倍の速さでアミノ酸代謝が活発になるのです。したがって早期新生時期である一週間以内であれば、何らかの障害を抑えることができるかもしれません」

会場全体が落胆の雰囲気に包みこまれました。

知的障害者を持つほとんどの家族が抱える問題が、まさに今すぐにでも、知的障害が効果的な治療法によって解決されることを期待していたからです。将来の自閉症の治療の可能性より、家族の関心は現在の自分の子供の障害者に有効な治療法なのです。会場のざわめきが鎮静するまで数秒がかかりました。

小柴田先生は自分の衝撃的な仮説が、家族にはどう評価されるか予想できていたようです。最後のまとめに入りました。

「もう一度、なぜ胎児のアミノ酸代謝障害の可能性があるのか、ということについて、簡単に述べておきます」

穏やかであった小柴田先生の表情が、厳しく変わりました。

「胎児は羊水中で、呼吸の代わりに羊水を口から取り入れます。肺ではなく、消化器系で代謝された物質は尿として羊水中に排泄。再び口から取り込んで成長してゆくのです。いわゆる腸管循環のことはよく知られていますが、この羊水中の栄養素としてのアミノ酸の代謝をコントロールしているのが、胎児の腎臓の中でも尿細管機能なのです」

次のスライドでは、腎臓のネフロン・腎小体、すなわち糸球体と尿細管の機能についての説明が補足されています。

「それが一過性、一時的にせよアレルギーか何かによって急性尿細管障害が誘発されると、尿中に排泄されるアミノ酸のバランスが崩れ、そのことがさきほどの血液脳脊髄関門を通過するアミノ酸に影響をおよぼし、結果として脳の機能障害の発症を促すものと考えられるからです」

最前列に座って、熱心にメモを取りながら聴いていた、中年の男性が手を上げました。

やはり自閉症者を子供に持つ父親なのでしょう。

「その障害を引き起こすアミノ酸とは具体的には何ですか？」

「現在、四十一項目のアミノ酸について分析をしていますが、胎生期の前期、中期、後期と胎児の成長によって、その羊水中のアミノ酸のバランスも異なってきます」

小柴田先生が言葉を選んで話しているのが分かります。

「しかし、羊水中のアミノ酸の含有量が多い物質が直接障害の原因につながるとは限りませんから……。障害を誘発する可能性のあるアミノ酸の特定については、ある程度見当は付いているのですが、もう少し明確になるまでは時間がかかりますので、今は申し上げる段階ではありません」

アミノ酸の質問をした男性が、今度は立ち上がりました。

「先生のおっしゃるアミノ酸代謝障害が先天性であって、胎児の尿細管に障害を誘発する可能性はないのでしょうか」

専門的な質問だった。小柴田先生はその質問の真意がフェニルケトン尿症と自閉症の関係を示唆しているのではないかと気づきました。フェニルケトン尿症の未治療群に自閉症の発症が大きいことは既に報告されています。しかしここで小柴田先生は腎障害とりわけ尿細管障害についての問題に終始することにしたのです。

司会者の川瀬教授が慌てて声をあげました。

「ここは医学会ではありませんから、専門的な質問は今後の小柴田先生の研究論文の発表に期待して下さい」

後で分かったのですが、質問した男性は、医学部の生化学の研究者だったのです。発症誘因に対する疑問はほとんどの関係者が抱くものです。

「この子たちも、腎臓が悪いのですか？」

知的障害者と一緒に参加している母親が立ち上がり、自分の子供を指し示しながら質問しました。

「現在、小児自閉症と診断されている方の、腎機能については、尿細管をはじめとして数十例について検討してきました。その中で二名の自閉症者について、尿細管機能障害が報告されましたが、その他の事例では尿細管の機能障害はまったく認められていません」

小柴田先生は追加して話します。

「後で、二名の方は抗てんかん剤の薬物の影響だと分かりました」

「では、なぜ産まれてきてからは、腎機能障害は起きていないのでしょうか」

質問者の母親も真剣です。

「急性尿細管障害は、たとえ繊毛のブラッシュボーダーが壊死に陥っても、出生以降の回復力も大きいのです。おそらく出産後から新生児のアミノ酸代謝に関わる尿細管機能は急速に回復しているものと考えられます」

「先生の研究では、それは実証されていることなのですか」

学会より厳しい質問が飛び交います。それは研究結果に対する興味ではなく、原因不明とされてきた病因が明らかになるかもしれないといった期待と、治療への可能性は家族にとって切実な問題だからなのでしょう。

「もちろんヒトで確かめたわけではありませんが、妊娠ラットの胎生期に羊水中のアミノ酸のバランスを実験的に変えたところ、ラット胎児の特に近位尿細管機能障害が発症することが証明されたのです」

小柴田先生は出す予定でなかったスライドを写しだして指示しています。

「さらに、胎児を取り出し、脳組織中のアミノ酸を抽出（ホモジナイズ）して測定した結果では、脳組織でもアミノ酸のバランスに影響を及ぼしていることが分かったのです」

疑問が疑問を呼び、質問は専門的な分野に広がっていきます。真剣な表情で質問者が手をあげています。

「素人の質問で恐縮ですが、そんな小さなネズミの胎児の腎臓、その中でも先生がおっしゃる尿細管障害をどのようにして確認されたのですか？」

「ラット胎児の尿細管は腎臓の組織片を固定して染色、電子顕微鏡を使って細胞組織学として病理組織学的検討を加えました。その結果、出産直前の胎児の尿細管にある繊毛がほとんど消失していることが分かりました」

質問も専門的になり過熱してきました。自閉症の科学的研究に対する情報が少ないのが現状なのです。

「先生、その腎機能の尿細管障害を起こしたネズミが無事に産まれたとしたら、出産後は自閉症を発症するネズミになるのでしょうか」

「ごもっともな質問です。出産後に育てた新生児ラット群を、ＰＣを用いて行動解析したところ、非常に不安定な行動パターンを示しました。これはあくまでもラットの動物実験結果であって、すぐさまヒトにあてはまるわけではありません。ラットが自閉症を発症したかどうかについては、もっともっと動物実験を繰り返し行う必要がありますので、もう少し時間がかかります。ただ羊水中のアミノ酸のバランス異常が脳組織の発達に影響を及ぼしたのは事実です」

「ラットにしても、症状以外にも確定診断はつくのでしょうか？」

「申し訳ありません。それらについてはアミノ酸代謝障害説を含め、まだ研究中です」

再び川瀬教授が立ち上がりました。

「また次回も広汎性発達障害について、最前線の医学研究の講演機会を設けますから、小柴田教授への質問はこれぐらいにして、次の講演議題に移ります」

次に川瀬教授に紹介されて立ち上がったのは理学部分子生物学の村上教授でした。村上教授は遺伝子研究についての講演でした。遺伝子診断の重要性を訴えています。口腔内から歯ブラシのような器具でブラッシングを行うと、そのサンプルから百マイクロのＤＮＡを抽出することができる。そのサンプルは障害者本人だけでなく、親兄弟も必要とのことでした。

家系的遺伝子研究とはいえ、障害者の親は自分の責任をさらに明確にするかもしれない研究に対しては、協力は否定的でした。遺伝子が関与しているならば親の責任と考えてしまうからでしょう。

この研究会に集まった家族の年齢が高いからでしょうか。メモを取る勢いがなくなった田代みどり子さんも心境は複雑だったようです。

遺伝子病としての解析も、欧米に比べ日本では進んでいません。しかし、ダウン症のような二一番目の短腕の欠損が原因と分かっていても、何故いつそれが起きるのか、解明されていないのです。ＤＮＡも、それを運ぶメッセンジャーＲＮＡの役割も未知の分野であると村上教授は結びました。

講演会といっても、かなり学術的なレベルで討論がなされました。

そして講演会は無事終了しました。みどり子さんは席を立って帰り際、洋子お姉さんに近づくと、言いにくそうに洋子お姉さんの考え方を聞いてきました。

「私は村上先生に協力してみる」

洋子お姉さんは小声で呟きました。

「そうなの……。洋子さんだけじゃなく、お父さんもお母さんもサンプルを提供しなければならないのよ。そこで問題点がはっきりすれば原因は親にあるってことになるでしょう」

「ええ……。でも一歩でも真実を知ることは大切だから」

みどり子さんと洋子お姉さんとの考え方の温度差にボクは気づきました。みどり子さんの立場はあくまでも障害者のお母さんであり、洋子お姉さんは兄弟だからでしょうか。しかし遺伝的リスクは、むしろ洋子お姉さんの方が心配しているのではないかと、ボクは思いました。


研究内容が医学的にも専門的すぎて難しかったのでしょうか、感想はまちまちです。しかし、自閉症児・者を身内に持つ家族にとって、自閉症解明のためとはいえ、動物実験の結果はかなり衝撃的だったに違いありません。

それに自閉症は今日に至るまで、脳機能を科学的に解明する試みは、研究すらほとんどされていないものだと考えていたからです。確かに今でも明確に解明されたわけではありません。しかしこれらの地道な実験の積み重ねが、次のステップになるのは間違いありません。

知的障害者の家族をはじめ、療育現場でのスタッフの多くは、医学的研究発表を聴く機会には恵まれていません。また、知的障害の病態解明に対する医学的研究者が、日本にもいたことすら知らなかったのです。

講演会の終了と同時に、川瀬教授のまわりには多くの知的障害者施設の関係者や親たちが集まってきています。親しげに挨拶を交わす川瀬教授とは異なり、小柴田先生や村上教授の前では、それ以上の質問もなく、ほとんどの家族が会釈したまま、黙って通り過ぎるだけでした。

結局、村上教授が参加を呼び掛けたＰＣＲ法によるＤＮＡ抽出による協力者は、洋子お姉さんを含めて四名だけでした。

何故なのでしょう。川瀬教授に人気が集まるのは、教授が厚生労働省の小児発達障害研究班の理事長で有名な療育センターの所長だからでしょうか。

それは知的障害が抱えている療育とその後の支援センターのあり方など、社会問題の大きさと、今の家族が抱えている療育施設が足りないことに起因しているからでしょう。

洋子お姉さんは、帰り際、教壇の方にいる小柴田先生に近づきました。十数名の研究員が後片付けを手伝っています。

「小柴田先生、ご無沙汰しております。アミノ酸代謝障害ラットの胎児脳の研究をお手伝いさせて頂きました、石田洋子です」

洋子お姉さんはわざと旧姓で名乗りました。

小柴田先生の顔がほころびました。

「石田洋子さん。講演を手伝ってくれてありがとう。弟のヒロシ君やご両親はお元気ですか」

「ええ、申し遅れましたが、私は研究生の高橋高志さんと結婚して、彼の実家である北海道の帯広に住んでいるのです」

「それはおめでとう」

小柴田先生はそのことをすでに知っていたようです。洋子お姉さんは結婚式にも招待しなかったことを気にかけているようでしたが、小柴田先生はその事情もよく理解されているようでした。

「今はヒロシも含めて家族全員で帯広の高橋牧場に引越ししたのです」

さすがに小柴田先生は目を丸くして驚いています。

「えっ、ご両親は帯広に行くことには、反対されませんでしたか」

「むろん大反対でした。しかし強引に私が説得したのです」

そばで聞いていたみどり子さんも、初めて知ったようです。

「それは知らなかったわ。洋子さん、ご結婚おめでとう。じゃあ、ご両親も帯広にいらっしゃるの」

「そうです。ヒロシは都会の生活より、大自然の中に溶け込んで、動物たちに囲まれている方が生きいきしています」

みどり子さんは、側で羨ましそうに聞き入っています。

「結婚相手の両親が農場と乳牛の牧場経営をしているものだから、大自然の中でヒロシにも仕事を手伝わせています」

「まさにジョブコーチの指導そのものですね」

「いいえ、そんな専門的な知識はありませんから」

「大自然の中での生活は、ヒロシ君には最適でしょう」

小柴田先生も関心を示しています。

「主人と話し合って、ヒロシの乳牛の作業を、行動パターン化してＰＣにプログラミング解析しているのです」

「では、行動解析の評価の結果をぜひ教えて下さい」

「はい。ヒロシも北海道では落ち着いていて状態もいいのです。帯広では土地がいっぱいあるから、そこで乳牛の世話だけでなく、ヒロシができる畑仕事も始めることにしているのです。先生も、それから田代さんも孝彦君を連れて北海道に遊びにきて下さいよ」

みどり子さんの表情が笑顔に変わりました。

「ぜひ、おことばに甘えて行きます。久しぶりに洋子さんのお母さんともお目にかかりたいですね」

とても嬉しそうに、みどり子さんが答えました。

洋子お姉さんは小柴田先生に訴えています。

「今は主人と協力して、ヒロシによりよい環境が提供できるように、先ほども言いましたようにヒロシの作業の行動パターンを解析しています」

やはり洋子お姉さん夫婦は、ヒロシ君のことをいちばん大切に考えています。

「今後は、ヒロシの行動パターンを解析することによって、自然の中で『ナチュラルセラピー』の役に立てればと思っています」

その時、南講師が懐かしそうに近づいてきました。

「石田君、久しぶりだけど高橋君と結婚したんだって」

「そうなのです。ご連絡もせずに申し訳ありません」

「いやいや、そんなことは気にしないで。それにしてもヒロシ君はこれだけ愛され、真剣に考えてくれるお姉さんがいてよかったね。きっとそのナチュラルセラピーも、良い結果が出るよ。期待しているからな」

洋子お姉さんは恥ずかしそうに頭を下げました。

みどり子さんは、ヒロシ君には洋子お姉さんがいて幸せですねっと言いかけて、慌てて言葉に出しませんでした。洋子お姉さんにとって、ヒロシ君の存在が幸せの要因であるとはとても言えません。他人が口にする言葉ではないからです。

そんなことは、洋子お姉さんはあまり気にしていません。

「ヒロシが自然と、どう向き合って会話しているのかも解析によって分かるかもしれません。小柴田先生にも是非分析結果をみていただければ主人も喜びます」

洋子お姉さんはヒロシ君との生活の中で、「ナチュラルセラピー」の計画は持っていましたが、療育に関する具体策はまだ決まっていません。でも、今日の講演会で何か独自の青写真のヒントが生まれたようです。

それは目標なのかもしれません。理想ではあっても現実になるための壁が、壁の大きさが見えてきたのです。

講演中は厳しかった小柴田先生の表情も穏やかです。先生もまた、ヒロシ君の「ナチュラルセラピー」としての行動解析に興味を持ったようです。

講演会の手伝いをしていた野崎君や研究員たちも数人集まってきました。

小柴田先生がみんなに話します。

「今年の秋に北海道で学会がありますから、帰りに御迷惑でなかったら帯広に寄ってみます。元気にしているヒロシ君にも会いたいしね。その時にはヒロシ君の『ナチュラルセラピー』の行動解析の結果も教えて下さい」

「教えるなんて……。ぜひご連絡をお待ちしています」


洋子お姉さんの「ナチュラルセラピー」計画を、主役のヒロシ君もそしてボクも応援しています。それは長い道のりであっても、そう遠くない将来にヒロシ君のためにも、洋子お姉さんが考えている理想の「ナチュラルセラピー」の施設が完成するに違いないと、ボクは思いました。

第四章
ドーラとの出会い

ボクは今、高志お兄さんと一緒に飛行機に乗っています。飛行機が苦手なヒロシ君の代わりにお兄さんのボストンバッグの中に洋子お姉さんがボクを詰め込んでくれたのです。隣の座席には吉野先生もいっしょです。

吉野先生はヒロシ君が子供の頃に入園していた「みのりの学園」のセラピストの先生です。自閉症を専門とした知的障害施設で働いていた吉野先生は悩みぬいたすえに洋子お姉さんの勧めもあって、アメリカに行くことを決心したのです。

ボクたちを乗せたノースウエスト航空一二便は、成田を一五時五五分定刻どおりに出発すると、最初の目的地であるデトロイト空港を目指して飛行を続けています。

機内では揺れもなく快適です。

吉野先生は少し緊張気味で、前の座席の背もたれから取り出したテーブルに、英会話の本を広げ、定形文を必死で覚えています。口の中で呪文を唱えているので、きっと周りの席の人は薄気味悪く思っているかもしれません。

デトロイト空港に到着するのは現地時間で一七時一〇分ですが、アメリカとの時差があるから、結局一〇時間以上も飛行機の中にいることになるのです。

吉野先生がアメリカに行くきっかけになったのは、洋子お姉さんからの一本の電話でした。帯広に引越ししてから、洋子お姉さんは、ヒロシ君の乳牛とのふれあいに、セラピーの可能性を感じ取ったのです。

高志さんに相談すると、興味を持った高志さんが驚くような情報を入手してくれたのです。

インターネットを通じて自閉症のアニマルセラピーを検索すると、外国からの情報が次々と飛び込んできます。その中で高志さんが注目したのは米国のペンシルベニア州の地方新聞へラルドスタンダードの記事でした。その話題は介助犬ではなく介護犬なのです。

今年で六歳になるルーカスという少年と、自閉症介護犬テージンとの心温まる交流を紹介したニュースでした。

洋子お姉さんが驚いたのは言うまでもありません。

広汎性発達障害の中でも自閉症の子供たちに対して、イルカや乗馬などのアニマルセラピーが日本でも話題になっていますが、自閉症児に対する介護犬のニュースは世界でも初めてだったのです。

視力の不自由な人に盲導犬、聴覚の不自由な人には聴導犬、身体の不自由な人には介助犬などが知られていますが、脳機能の発達障害児に、自閉症介護犬がどんな対応をしてくれるのか興味は膨らむばかりです。

しかし洋子お姉さんは、飛行機に乗れないヒロシ君のことやヒロシ君の年齢のことが心配になりました。そこで思い出したのが、「みのりの学園」でヒロシ君をかわいがってくれたセラピストの吉野先生でした。

さっそく連絡を入れると、自閉症児の心のケアにおける行動療法に興味を持っていた吉野先生は、ヒロシ君が望むなら、自閉症介護犬の可能性に賭けてみたいといってくれたのです。自閉症介護犬への関心はますます高まりました。

洋子お姉さんのたっての要請で、吉野先生は思い切ってインターネットにアクセスをして米国のペンシルベニア州の小さな町、ウォーレンにある、ニューホープアシスタンスドッグ協会に見学と研修を申し入れてみました。

それから二週間の後、協会から快諾のメールが吉野先生の手元に届きました。

高志さんや洋子お姉さんが大喜びしたのは言うまでもありません。相談の結果、高志さんと吉野先生がニューホープアシスタンスドッグ協会の見学研修に行くことになったのです。

知的障害者のアニマルセラピーは、古くからいろいろな形で実践されてきていますが、決定的な効果はまだ得られていません。自閉症児の行動療法に対する不安を感じていた吉野先生は、さっそく「みのりの学園」の学園長にこのことを相談してみました。退職してでも行きたいと願う吉野先生の熱意は、学園長にも通じたようです。学園長も自閉症介護犬の存在に驚いていました。それならまずは見学研修をして、しっかりと勉強をしてくるようにと、退職ではなく三カ月間の休職扱いで、吉野先生を送り出してくれたのです。

高志お兄さんは、米国へいっしょに行くことになった吉野先生をまだよく知らないのです。少し話してみることにしました。

「不躾で失礼な質問ですが、先生はどうして自閉症に関心を持たれたのですか？」

高志お兄さんより二つ年上の吉野先生は少し驚いたようでしたが、素直な気持ちを打ち明けました。

「知的障害児センターでセラピストとして働いてきましたが、セラピストといっても障害児の生活の面倒をみるだけなのです」

吉野先生は心の内を明かしてくれました。

「何とか、少しでも彼らの症状改善に役立つようなことをしたいのです」

「僕も洋子を通じて初めて自閉症のヒロシ君に出会ったときは正直驚きました」

高志お兄さんもあまり口に出して言えなかった気持ちを伝えています。洋子お姉さんに言われてボクをヒロシ君の代わりに持ってきたことも話しました。おまじないのようですが、吉野先生はボクが同行したことを歓迎してくれています。

「ヒロシ君の気持ちがトニーを介して介護犬にも伝わるかもしれませんね」

それを聞いていて思わず「そうだ！」と叫びそうになりました。それを期待して洋子お姉さんが高志お兄さんの鞄に詰め込んだのです。

「センターでも何もやっていないわけではなくて、行動療法として、農作物の栽培やパン工場、果樹園……。アニマルセラピーも犬や猫それにヤギも飼ってみましたが、効果はそれほどなくて限定的なものでした」

ボクは吉野先生が自閉症介護犬に興味を持った理由が分かりました。高志お兄さんも吉野先生とは気が合うようです。

「僕もヒロシ君を家族として迎え入れたときから、僕なりに少しでも症状を改善できる方法がないかどうか、実はいつも考えているのですよ」

「それはすごいことですね……」

吉野先生の反応を見た高志お兄さんが、独自の研究の一端を説明しています。

「今は限られた範囲内ですが、ヒロシ君の行動パターンをＰＣに入力して、乳牛の世話や農作業の進み具合を解析しているのです」

目を輝かして頷いてくれる吉野先生に、高志お兄さんも嬉しそうです。

「もちろんそれはヒロシ君だけですが、自閉症の病態の行動解析が『拘《こだわ》り』の科学的アプローチにでも繋がればと思っています」

吉野先生はこんな考え方の人にこれまで出会ったことがありません。そのときキャビンアテンダントがお酒の注文にやってきました。二人は顔を見合わせ、同時に赤ワインを注文しました。

「治療といってもそれは夢の話ですが、海外の論文を読んでみましたが、少なくとも今まで試みられた治療薬では無理でしょうね……」

高志お兄さんはそれ以上の行動解析に関する話題は控えました。頭の中でまとまっていなくとも何か戦略がありそうです。期待に胸が膨らみます。


機内食が配られました。緊張が解けホッとしたのか、トレーの中身をすっかり食べ終えた二人は、ひざ掛けの毛布にくるまって少し眠ることにしました。眠くなったのは食事中に三杯も飲んだ赤ワインが効いてきたからでしょう。

吉野先生はトレードマークであった「ひげモジャ」ではありません。米国への研修をきっかけに、きれいにひげを剃り落としたのです。ひげのない吉野先生は、今までの吉野先生よりずっと若々しく見えます。

しかし本人は、気に入らないのか、あるいは顔の辺りが少し寂しいのでしょう。ひげがないことに気づかないで、時々あごに手をやっては、すぐに手を引っ込めています。ひげを生やしていたときの癖が残っているのです。

期待と不安に身を包んだ吉野先生は緊張による疲れからか、少しばかり寝息を立てています。隣の座席の高志お兄さんは日本から持ってきた文庫本の小説を読んでいます。

突然、機内のライトが消され、夜間飛行になりました。高志お兄さんは慌てて機内のパンフを本に挟み閉じました。

ジャンボジェット機は一路、アメリカのデトロイトに向かって順調に航行しています。

朝食のサンドイッチに起こされるまで、二人はぐっすり寝込んでしまいました。

やがて定刻どおり、現地時間で一四時二五分、二人を乗せた飛行機は、無事、デトロイト空港に降り立ったのです。

初めてアメリカ合衆国にやってきた高志お兄さんと吉野先生にとってはデトロイト空

港のターミナルは想像をはるかに超えて大きく、広い空港の建物の中で迷子になりそうです。

今度は国内線に乗り換えなくてはなりません。空港内で手荷物を抱えたままの二人は必死で米国の国内線の出発カウンターを探しています。

掲示板の指示通りに歩いているつもりでも、空港内が広すぎて、なかなかナビ通りにはいかないのです。意を決した高志お兄さんは、人のよさそうな男性の空港職員を見つけて尋ねてみました。もちろん英語です。

返事が返ってきました。高志お兄さんが満面の笑みを浮かべて「サンキュー」と声を出しました。

「高橋さんは英語が上手に話せるのですね」

「日常会話ぐらいですよ」

吉野先生は感心したように頷いています。

デトロイト空港から無事に国内線に乗り換えることができた二人は、今度は約一時間のフライトで一八時八分、エリー空港に到着しました。しだいに緊張が高まってきます。

預けていたそれぞれの荷物をカウンターで受け取るとゲートをくぐりました。

到着ロビーで二人を迎えてくれたのはニューホープアシスタンスドッグ協会の会長を含めた四人のスタッフと三匹のサービス犬です。三匹の犬たちは首にサービス犬であることを示すスカーフを巻いています。

見るからにおとなしくて利口そうな犬たちは、遠い日本からやってきた高志お兄さんや吉野先生に対して、ちぎれんばかりに歓迎のシッポを振っています。犬には笑顔の代りに、シッポという気持ちを表す道具があるから便利です。

高志お兄さんは挨拶文を用意していたようです。自閉症であるヒロシ君のために自閉症介護犬を勉強させて下さいと、協会長であるミセス・バーブさんに英語で説明しています。

一方、吉野先生はサービス犬に対して、むやみに触れたり撫でたりしてはいけないことは十分知っていましたが、先生は思わず犬たちの前にしゃがみこんでしまいました。

驚いたことにサービス犬の犬種もエアデールテリア、ラブラドール、ゴールデンレトリバーとまちまちです。お座りしている茶色のゴールデンが頭を撫でている吉野先生の手を不思議そうに嗅《か》いでいます。薄茶色のラブラドールも白いテリアも吉野先生の周りに集まってきました。おそらく吉野先生にニューホープアシスタンスドッグ協会のスタッフと同じ感性を感じたのかもしれません。吉野先生は犬たちに囲まれて大満足です。その様子をニコニコとスタッフが見守っていました。遠く離れた東洋の日本から、はるばる米国にやってきた高志お兄さんや吉野先生に非常に好意的です。それは犬たちが二人に合格点を出したからでしょう。

気がついた吉野先生は慌てて立ち上がると、機内でおぼえたての英語でスタッフに向かって挨拶を交わしました。

協会長であるミセス・バーブさんは、男の吉野先生よりもひと回り大きく、がっちりとした身体つきですが、とても優しい目をしています。ボクは、ひとめ会っただけで人の心を読み通せる人だと思いました。

他にも女性が二人、男性が一人のスタッフがそれぞれ紹介され、お互いに挨拶を交わします。みんな優しく親切です。出迎えてくれたニューホープアシスタンスドッグ協会のスタッフたちは、意外なことに吉野先生より年齢がずっと上のようです。犬の訓練士に若いスタッフを想像していた吉野先生は、ちょっと驚いたようです。

さっそく一行は犬たちと一緒に、それぞれの車に乗り込みエリー空港からペンシルベニアのウォーレンにあるニューホープアシスタンスドッグ協会に向かいました。

吉野先生を乗せたスタッフの車にもサービス犬がスタッフの足元におとなしくうずくまっています。会話が途切れたら申し訳ないと思いながらも、吉野先生は車の後部座席で少しうとうとと寝てしまったようです。はっと気がついた吉野先生は、慌てて腕時計を見ました。一時間以上はゆうに経っていたはずですが、走っても、走っても、ウォーレンという町に着きません。

一方、高志お兄さんが乗った車では、北海道帯広のことを質問され、返答に四苦八苦です。眠るどころか緊張したまま車に乗っています。

そうです、アメリカは広いのです。

やっとニューホープアシスタンスドッグ協会に到着しました。まるで競技場のような芝生のグランドの中にある、大きな白い平屋建ての建物です。道路を挟んで反対側のフェンスの中にも数十匹の、サービスドッグの訓練生がいます。

別のスタッフが、サービスドッグを連れて駆けつけてきました。黒いラブラドールが車から降りた吉野先生に近づいてきました。まだ子供のようです。

突然、吉野先生を迎えに来た薄茶色のラブラドールが黒いラブラドールに向かって威嚇したのです。人とのコミュニケーションと犬同士の関係は少し違うようです。ほんの短い間でしたが、威嚇したことについてスタッフにひどく怒られています。

薄茶色のラブラドールは自分の役割を知っているのでしょうか。何を怒られたのかすぐに理解したようで、ただちに伏せの体勢をとりました。

「ジョアン！　グッドガール」

ジョアンと呼ばれた薄茶色のラブラドールが、その後の対応をほめられています。サービス犬たちはスタッフの目を見て状況を判断します。人との信頼関係はこうして作られていくのでしょう。

夜になって、日本からやってきた高志お兄さんと吉野先生のために、歓迎会が近くのレストランで開かれることになりました。

といっても、再び車でウォーレンの町の中心部まで二十分はかかりました。

ここは、ジョージ・ワシントンが若い頃、住んでいたアパートメントを改装してできたレストランだそうです。昔のアメリカの歴史がそのまま残っているような匂いがしました。といっても昔のアメリカの匂いを知っているわけではありませんが。

ニューホープアシスタンスドッグ協会の当直を除くスタッフの全員が会食に加わって

くれています。協会のスタッフは総勢十八人だそうです。それに、スタッフの年齢層が高いこともすぐに理解できました。特別なトレーニングには経験豊かなことが要求されるからです。みんな数々の特徴のあるサービス犬を育てた経験の持ち主です。

話しているうちに、はじめから自閉症介護犬が生まれたわけではなく、盲導犬、聴導犬、介護犬、レスキュー犬など、さまざまな犬と人との接点から信頼関係を構築して完成したものとわかりました。

中にはＣＩＡやＦＢＩで活躍して、表彰されたサービス犬がいたそうです。

幾多の訓練にパスした究極の「心の介護犬」が、自閉症のような知的障害を持った子供たちとの心の交流を可能にしたのかもしれません。

吉野先生がこうしてアメリカにやってくる前は、自閉症介護犬に対して考えれば考えるほど、湧き上がってくる疑問点に答えが見つかりませんでした。しかし、ミセス・バーブ協会長の挨拶の中で思いもよらない言葉に、高志お兄さんと吉野先生は感激しました。

サービス犬ではありませんが、二人とも何を望んでアメリカに来たのかなど、ミセス・バーブにとってはすぐに理解できたのです。

明後日の日曜日に、吉野先生がニューホープアシスタンスドッグ協会に連絡を取りアメリカに来るきっかけになった、ルーカス少年と自閉症介護犬テージンが、六時間もかけてこのウォーレンの町に来てくれるそうなのです。

ミセス・バーブの配慮とはいえ、俗に言う『百聞は一見にしかず』のアメリカ版なのでしょう。

米国の新聞記事で読んだルーカス少年に会って、しかも、両親に話を聞くことができるなんて夢のようです。吉野先生は感激のあまり声を詰まらせました。

高志お兄さんも外国の知的障害者に会うのは初めての経験です。テージンとルーカス少年訪問の知らせは夢のサプライズです。興奮のあまり二人とも食事が進みませんでした。

金髪のおかっぱ頭で、めがねをかけたカレンさんが心配そうに吉野先生の食事のプレートをのぞいています。食欲がないのかと思っているようです。吉野先生はすぐさま大きなステーキをナイフで切って口に入れました。

高志お兄さんも、三百グラムもある大きなステーキを持て余しています。

味は決して悪くないのですが、その量のビッグなのにはただ驚くばかりです。

ニューホープアシスタンスドッグ協会のスタッフは、車で移動することがほとんどで、外での食事会も犬たちにとっては実地訓練の場なのです。だから食事中でのアルコールは一切口にしません。高志お兄さんはその姿勢に感心していますが、正直な気持ちはビールぐらい飲みたかったのが本音です。

協会近くにある宿舎のホテルに帰ってからも、興奮している二人はよく寝られなかったようです。自閉症介護犬の認定は、およそ二百頭に一頭の確率の難関だそうです。しかも、専属トレーナーとお母さんと自閉症児の本人と犬とのコミュニケーション訓練が寝食を共にして六カ月以上も続くそうです。それでも断念する場合も多くゴールデンレトリバーであるテージンは、自閉症介護犬認定第一号の最も優秀な犬なのです。それに高志お兄さんが、ボクも協会に連れて行ってくれるのです。今からワクワクドキドキしています。

ルーカス少年が協会にやってくる日曜日がきました。

朝早くから目覚めていた吉野先生は、高志お兄さんと簡単な朝食をすませ、さっそく宿舎のホテルから歩いてセンターにやってきました。ミセス・バーブはもうセンターの中で仕事を始めています。

朝の挨拶を交わすと、仕事を中断して二人に熱い入れたてのコーヒーを勧めてくれました。きっと、ルーカス少年との面会に緊張している二人に気を使ってくれたのでしょう。マグカップに並々とコーヒーが入っています。そのマグカップにもかわいい犬たちが描かれています。

ミセス・バーブはルーカス少年とテージンとの出会い、さらには社会に認知されるまでのいきさつを丁寧に話してくれました。

ママとルーカス少年とテージンの訓練は約一年近く続いたそうです。ルーカス少年とテージンはすべての生活を共にします。お出かけも入浴も学校もそして寝る時も一心同体なのです。そんななかで、テージンがルーカス少年を全面的に受け入れてくれたのです。それは主従関係では決してありえないことと、ミセス・バーブが強調しました。

そして今日、そのルーカス少年が来てくれるのです。ルーカス少年の両親が吉野先生に、日本における自閉症の施設や現状などを尋ねたいとのことでした。ここアメリカでもペンシルベニア州のエリーは、日本人の在住は極めて少なく、知的障害に対する日本の実情など、まったくといってもいいほど知られていませんでした。

外で犬の声がしました。大きな窓からカーテン越しに、白いステーションワゴン型の車が玄関に横付けされているのが見えます。大型のきれいにブラッシングされたゴールデンレトリバーが車から降りてきました。続いて金髪の可愛い少年が転びそうになりながら飛び出てきました。彼は両手が使えるように、大きな布の鞄を背負っています。

数名のセンターのスタッフが出迎えています。まるで親戚の家族がやってきたような雰囲気です。二、三匹の訓練中のラブラドールがテージンに近づいてきました。テージンは威嚇することもなく、じっとルーカス少年の方を見ています。

テージンにとってニューホープアシスタンスドッグ協会は、生まれ育った懐かしい故郷であるはずなのですが、決してはしゃぐこともなくルーカス少年に寄り添うようにして玄関から入ってきました。テージンが自分の役割を理解して実践しているのが分かります。

ルーカス少年を先頭に家族が広間に入ってきました。

両手を大きく広げて、ミセス・バーブがハグをしています。日本人にとっては見慣れていない習慣ですが、感情を素直に表す良い方法だと思いました。

ミセス・バーブによってまず吉野先生が紹介されました。

握手している吉野先生は緊張しています。次に高志お兄さんが紹介されました。そして、お父さんお母さんとの面談が始まりました。三十代前半の若い両親は、六時間もかけて車で、ここエリーにやってきてくれたのです。テージンのアニマルセラピーもさることながら、なにかルーカス少年のためになるなら、どんなことでも労力をいとわないといった両親の情熱を感じます。

まず、高志お兄さんは外人の自閉症児に接するのは初めての経験です。しかし、その特徴のある症状にはアメリカ人であってもヒロシ君とまったく変わりなく、それが新たな驚きでした。

外国の文献から、そうであろうと想像していたものの、いざ目の前で会ってみると、この自閉症という病態が、特定の人種や地域を限定して発症したものではない、地球上の人間であれば誰にでも起こりうることを再認識させられたのです。

これは考え方によっては、自閉症の原因を究明する上で大変重要な問題点なのです。

質疑応答の許可を得た吉野先生は、アニマルセラピストに必要な日本から作ってきた質問事項に次々と記入しています。十分程度のつもりが、未熟な英語力もあって三十分もかかってしまいました。高志お兄さんはあくまでも家族の立場として、会話に参加しています。

ミセス・バーブに事情を話して高志お兄さんは鞄からボクを取り出し、側に座らせました。しかし、テージンはボクには何も、興味すら示しません。

ルーカス少年とお母さん、そしてテージンが伏せの姿勢を崩さず黙って下に座っています。ルーカス少年は質問のやりとりを聞いているだけですが、疲れを心配したミセス・バーブは、少し早めに休憩を提案しました。

手作りのサンドイッチランチを用意してくれたのです。

広々としたダイニングリビングに移動したルーカス少年の後を追うようにテージンが続きました。

他にも、新たな協会のスタッフが数名加わりました。みんなルーカス少年とは顔馴染みのようです。

テーブルの上にはでき立てのサンドイッチやチーズ、サラダ、マフィン、ジュースなどのご馳走が、たくさん並べられています。スタッフの勧めに、二人は何度も「サンキューベリーマッチ」を連発しました。

緊張の連続で高志お兄さんは、お手洗いに向かいました。

トイレを終えた高志お兄さんは、廊下の端に大きな姿見のような鏡を発見したのです。まるでその先にも廊下が続いているような錯覚になりました。

そのときです。テージンがひとりで廊下に出てきました。一瞬驚いて鏡に向き合いましたが、次の瞬間、手で鏡に写っている自分に、まるでハイタッチでもするかのように確認したのです。テージンは映っている自分の姿が鏡であることが理解できているようでした。その様子を見ていた高志お兄さんの方が感心したように伏せの体勢をしているテージンを見つめています。

「どうした、テージン？」

高志お兄さんが声をかけても振り向くどころか、テージンからは何のリアクションもありません。

「いくら優秀な介護犬でも、日本語は分からないよな……」

そのときです。廊下に金髪のおかっぱ頭のカレンさんが顔を出したのです。テージンはすぐさま立ち上がってシッポを振っています。

「テージン、トイレでしょう」

カレンさんはそう言って、廊下の中央にある外に出られる網戸と木製のドアを開けました。テージンは急いでシッポを振りながら外に出ていきました。

「すみません、気がつかなくて」

高志お兄さんは謝りました。

「私たちはサービス犬の気持ちが、すぐに分かるから……」

カレンさんは笑顔で応えました。

高志お兄さんは、テージンが鏡の前でみせた、鏡を鏡であると確認した行動が忘れられませんでした。大抵の動物は、初めて見る大きな鏡の前では自分が映っていると認識しないはずなのに、それを確かめたテージンの行動は、普通のサービス犬の域を超えていました。


サンドイッチの昼食が終わると、いよいよルーカス少年とテージンとの関わり合いについて高志お兄さんが質問するときがやってきたのです。

質問に答えるのはルーカスのママですが、ソファーの隣にはルーカス少年、そしてその足元には、先ほどのテージンが伏せのポーズをとっています。

ママのそばに隠れるように恥ずかしがって座っているルーカス少年の手には、小さな人形がしっかり握られていました。

ルーカス少年にとってこの人形はきっと大切な宝物に違いない……。

高志お兄さんはすぐに頭の中でヒロシ君とボクの関係を思い出していました。いよいよ質問が始まりました。

今度は向かい側にルーカスのパパも座っています。いつ頃からママがルーカス少年の知的障害に気づいたのか、それはどんな行動であったのか、テージンと出会うきっかけは、ルーカス少年はどのようにテージンとのコミュニケーションをとったのか、学校で勉強しているときにテージンはどこで待っているか、などなどです。

日本から持ってきた質問表は、すぐ鉛筆で真っ黒になってしまいました。日本でも症状の表現や習慣が異なっていて大変なのに、遠く離れたアメリカでの語学の壁は、専門の知識が少ない高志お兄さんの前にとてつもなく大きく立ちはだかったようです。

隣に座っている吉野先生も笑顔と会釈だけで、間を取ることも限界を感じていたようです。

そのときです。じっと座っていることに飽きたのでしょう。ママの隣でぐずっていたルーカス少年が、突然立ち上がると何も言わず、部屋からスタスタと出て行ったのです。

高志お兄さんは驚いたものの、止める手立てもなく、ただ成り行きを見守っているだけで精一杯でした。

ミーティングルームでは質問が中断したままで、ルーカス少年の両親と高志お兄さんと吉野先生、それにテージンだけが残りました。ルーカスのママは何事もなかったかのように振る舞っています。

質問をどうぞ続けて下さいといったポーズに、気を取り直した高志お兄さんが質問表を広げ直したとき、今度はテージンがゆっくりと立ち上がり部屋を出ていきました。誰に命令されたわけでもありません。

質問が再開しました。ルーカス少年の日常生活についてです。食事も一緒、お風呂も一緒、お出かけも、学校生活もそして寝るときも、もちろん一緒です。

廊下で高いトーンの子供の叫び声がしました。その声の主はルーカス少年に違いありません。

足音が近づいてきます。キャッキャッとふざけ合いながらテージンと部屋に戻って来たのです。

高志お兄さんはしばらく声も出ませんでした。ルーカス少年とテージンとの間に、どのようなコミュニケーションが成立したのか想像もつきません。事実、部屋に戻ってきたルーカス少年の機嫌は見事に改善していました。

テージンは得意そうな素振りもなく、ルーカス少年の座っているソファーの前に静かに横たわりました。ルーカス少年はママと高志お兄さんとのインタビューなど興味があるわけがありません。すぐに飽きてきたのか、ぐずっています。そして、テージンの耳を引っ張ったり、足でつついたりし始めました。

高志お兄さんはしばらくインタビューを中断してその様子をうかがっています。テージンはそんなことにはまるで動じる様子もなく、ルーカス少年にされるままです。といって、シッポを振って歓迎しているわけでもありません。その行為は、母親が持つ優しい包容力のようにも受け取れました。

長くもなく短くもなく、絶妙のタイミングでテージンはソファーの横に置き忘れている人形を口にくわえてルーカス少年に手渡しました。

テージンはルーカス少年に何を伝えたのでしょう。ルーカス少年はひとこと、ふたこと、その人形に向かって話しかけています。

高志お兄さんには聞き取れないような小さな声でしたが、その人形がただの無機物ではなく、といっても有機物でもありませんが……、何らかのコミュニケーションの役割を演じている脇役であることは確かです。

さっそくルーカスのママにこの人形のことについて質問をしてみました。

ママの話では、この人形はルーカス少年自身をあらわしているのだそうです。ルーカス少年にとってコミュニケーションが取れないときには、人形を媒介として三人称で接触するのだそうです。介護犬の認知力はこの辺りにあるのかもしれません。

高志お兄さんは、すぐにヒロシ君とボクのことを思い浮かべました。

客観視するためであっても、ヒロシ君とボクの関係とは、また微妙に違った感覚だと思いました。

二人にとって、インタビューの経験はとても衝撃的であったに違いありません。しかし、実際にルーカス少年とテージンとのコミュニケーションに触れて、自閉症介護犬の役割が凄すぎて、ますます分からなくなってきました。

高志お兄さんが考えたこと、それは自閉症という病気が、ここアメリカでも日本でも言葉の違いがあっても同じだということです。何故なのか分かりません。国が違って人種が違っても、同じ病態であることには変わりありません。それにしても、どうしたら介護犬が知的障害といわれている自閉症の子供たちと正しいコミュニケーションが取れるのか、テージンの役割の大きさに驚かされるばかりです。

インタビューが終了してルーカス少年が真っ先に部屋を出ました。そのときです。テージンが高志お兄さんの隣に腰かけているボクに近づきました。それは数秒でしたが、じっとボクを見つめてから高志お兄さんの前で伏せの姿勢を取り、そしてシッポを振りました。きっと匂いからヒロシ君のことを感じとったのでしょう。しかしそれ以上の行動は周囲に気をつかったのか何もありませんでした。しかし高志お兄さんは別れの挨拶のとき目頭に涙をいっぱいためています。吉野先生も感謝で胸が熱くなりました。

そしてルーカス少年一家はテージンといっしょに帰っていきました。

その日の夕食の後、スタッフミーティングで高志お兄さんは今日の経験の驚きと感動を、素直にみんなに伝えました。

なぜ、テージンがルーカス少年の気持ちが分かるのか。どのように訓練したらテージンが、自閉症の少年の心を開くことができたのか……。疑問は尽きるどころかますます深まるばかりです。

アニマルセラピーを目指している吉野先生は緊張で喉が渇いたのか、何杯も何杯もコーラをおかわりしました。でもテージンを理解するまでの結論にはとうてい到達しそうもありません。さらにそれに加えて、吉野先生は英語の会話力のなさを非常に嘆いています。伝えたい気持ちばかりが先行して、辞書を片手に奮闘していましたが、そんな簡単にボキャブラリィーがすぐさま増えるわけもありません。

そんなとき、ミセス・バーブからひとつの提案がありました。

吉野先生が希望するならば実際に自閉症介護犬を訓練してみる実体験でした。経験がどんなに大切であるか身をもって体験することができるのです。

吉野先生の喜びもつかの間、ミセス・バーブから衝撃的な現実の厳しさを伝えられました。いくら訓練をしても、合格する自閉症介護犬はおよそ二百頭に一頭の狭き門だそうです。なかには障害児との相性の問題で介護犬の方から、訓練を中断する場合もあると言われました。

飛行機に乗ることができないヒロシ君にとっては、このセンターでいっしょに訓練はできません。

「自閉症介護犬を目指すのは、そんなに狭き門なのですか……」

吉野先生は目を丸くして尋ねました。

さらに、自閉症児の誰でも介護犬を得られるわけではなさそうです。時として自閉症介護犬の協会から介護犬の提供を断る場合もあるそうです。吉野先生は恐る恐るミセス・バーブ協会長に質問をしました。

「日本の自閉症の男の子は、年齢ではすでに二十歳を過ぎて大人ですが、今からでは介護犬との良好なコミュニケーションは難しいのですか？」

「それはトライしてみないと何とも言えません。何もやらないで、ただ考えているだけじゃなく、トライすれば何かが変わる可能性はあるのです」

「ミセス・バーブがおっしゃるように、結果を恐れていたら何もできませんね」

「だけど、それはヒトだけではなく犬のほうにも相性があります」

吉野先生の質問に丁寧に答えてくれています。

「相性は人から犬だけではなく、犬のほうからも、その知的障害児を愛することが必要なのです。介護犬も相性が合わなければ、無理に訓練を続けることは、将来の療育のためにもならないのです」

「じゃあ、途中で訓練を断念して、介護犬の提供を断ることもあるのですか？」

「もちろんよ。知的障害でも本質的に動物に愛情が持てないお子さんは向いてないわね」

「それは訓練の段階で分かるのですか」

ミセス・バーブの言葉に吉野先生は心配そうな顔をしています。それはヒロシ君のことを考えているからでしょう。

「訓練は介護犬ばかりではなく、自閉症のお子さんのほうも介護犬を心から信頼できるように認知させる学習が必要なのです」

「知的障害児は認知障害が主たる病態なのに、介護犬を介護犬として認知することが可能でしょうか？」

思い切って高志お兄さんもミセス・バーブに疑問をぶつけてみました。

「確かに高橋さんが言うとおり彼らは認知障害だけれど、お母さんに対してお母さんと認知できていないかしら……」

ミセス・バーブの意見に、吉野先生は大きく頷きました。

「障害を持たない子供と違って、認知の表現が不得手であるだけで、すべての事柄について認知ができないわけじゃないでしょう」

「確かにおっしゃるとおりです」

「認知は言葉じゃなくって感覚なのよ」

　何をもって認知障害とするのか、高志お兄さんはミセス・バーブにもっと自閉症の定義について突っ込んだ意見を交換したかったのですが、その答えは明日以降に持ち越しということになりました。


　翌朝のことです。芝生のグランドの中に、小さなステンレス製のサークルが置かれていました。二人は、なぜそこに呼び出されたのかすぐに理解できました。
四、五カ月ぐらいのラブラドールの子犬たちが、サークルの中で元気よくはしゃぎまわっています。吉野先生は思わずその中の一頭を抱き上げました。真っ白い子犬が小さなシッポをちぎれんばかりに振っています。子犬が吉野先生の顔を舐《な》めはじめました。他の子犬たちも足元でじゃれあっています。数えてみると、ぜんぶで八頭いました。どの子犬もかわいくて、吉野先生は次々と抱き上げては頭をなでていました。
　男性の訓練士のマックスが、笑顔で吉野先生に子犬を紹介しています。そう、すでに子犬たちは名前がついているのです。吉野先生が最初に抱き上げた子犬の名前は「ドーラ」という名前です。

「グッドモーニング！」

振り返るとミセス・バーブが立っています。センターの訓練士も大勢集まってきました。

「次にここに来られるときは、知的障害のお子さんとお母さん、そしてセラピストの吉野さんもいっしょにいらして下さい。そして日本における自閉症介護犬第一号になるように頑張って下さい」

高志お兄さんも無理とは分かっていても感激で声を詰まらせています。

「嬉しいけれど、弟のヒロシにもできるでしょうか……」

「昨日も言ったように、ヒロシ君ができるかできないかじゃなくって、まずはチャレンジすることでしょう。経験から学ぶことがいちばん大切なことです」

たしかにミセス・バーブの言うとおりなのです。しかし、結果を出すためには飛行機が苦手なヒロシ君や洋子お姉さんのこともあります。訓練には半年か一年、さらにそれ以上かもしれません……。実現するためのハードルは、相当なものなのです。

自閉症介護犬は知的障害者の心に寄り添ってくれる素晴らしい存在だということが、実際に会ってみてよく分かりました。

吉野先生は心の中で、再びここに戻ってくる決心をしたようです。大きな課題を胸に、二人はニューホープアシスタンスドッグ協会を後にしました。

第五章
集団生活

北海道帯広市の高橋牧場に戻ってきた高志お兄さんは、洋子お姉さんにルーカス少年との出会いや自閉症介護犬テージンのことをつぶさに報告しています。牧場を手伝っているスタッフも集まってきました。

期待していた洋子お姉さんですが、その長期にわたる厳しい訓練には、ついていけそうもありません。

「ヒロシがもう十歳若かったら、私も挑戦するのだけれど残念だわ……」

自閉症介護犬テージンにすごく興味を持っていた洋子お姉さんは悔しそうに言いまし

た。それにもまして高志お兄さんの驚きはルーカス少年だったのです。

「金髪のアメリカの少年がヒロシ君と同じ病気だなんて……。そのことのほうが僕にとってはショックだった」

洋子お姉さんが丁寧に説明しています。

「外国の子供にも同じ知的障害が起こる……。最初に自閉症として報告したのは、一九四三年にLeo Kanner先生が早期幼児自閉症と名づけた症候群からはじまっているのよ」

「そんな前からなのか……」

「それに自閉症という日本語の言葉が、以前は引きこもりなどと混同されたようだけれど、ヒトとのコミュニケーションからの自閉と考えれば正しい表現だと思うの」

そのとき、ルーカス少年を思い出した高志お兄さんはさらに納得したようです。

「今回のことで、初めてこの病気の原因がなぜ起こるのかという疑問符が大きくなったよ」

洋子お姉さんは苦笑いしながら、高志さんに優しく説明しています。

今まで具体的にヒロシ君の病気の原因については避けていた部分があったからです。

今回のことで自閉症の病気に興味を持って闘ってくれる吉野先生のような同志ができた

ことは心強い味方になりました。

「ヒロシのことはたくさん話し合っても、ヒロシの病気の治療の可能性についてはあまり触れたくなかった……。だって今さらどうしようもないでしょう」

「僕は小柴田研究室で、アミノ酸代謝障害ラットの行動解析に携わってきたけれど、そんなことはないと思う。根拠はなくても必ず解決方法はあると思う。またそう信じないとね。僕はコンピュータープログラマーをやっていたから奇跡という言葉は嫌いだ」

「希望的観測だけじゃ、夢のまた夢よ……」

今日の洋子お姉さんはなぜか悲観的です。

「確かにそうだけど、今回の自閉症介護犬のテージンと会ったことで、何か僕にも役立つことがあるかもと思って……」

「気持ちは嬉しいけれど、今まで何とか治そうとするあまり、たくさんのセラピストと称する人たちが知的障害者に暴力や無理強いをして、中にはそれで自閉症児が命を絶ったケースもたくさんあるのよ」

「分かるけれど……。そんなに簡単なことじゃないのは分かる」

帰りの飛行機の中でずっと考え込んでいた高志お兄さんは、何かアイデアが浮かんだようなのですが、ここでは冷水を浴びせられたように口を閉じてしまいました。
一方の洋子お姉さんの知識は、実験で得た科学的根拠に基づいた情報なのです。

四月上旬の帯広では、まだまだ春が遠くで足踏みしているようです。しかし、日を追うごとに雪解けの冷たい水が、ゆっくりと畦道の凍りついた土を洗い流していきます。ヒロシ君の帯広での生活もようやく一年が過ぎました。

今年も、待ちに待った春の季節がもうそこまでやってきています。もうすぐ帯広平野に広がる牧草が目覚め、緑の絨毯を広げるようになるのです。

そういえば、ボクはヒロシ君が桜の花吹雪を雪と間違えて口を大きく開けて受け止めていたシーンを思い出しました。時々ヒロシ君は鯉のように、空に向かってパクパクと空気を味わうような動作をします。

どうやらヒロシ君は感動のすべてを味覚として受け止めるのが大好きなようです。

ボクはそんな空気を味わうヒロシ君の行動の意味が分かります。

ヒロシ君は自然の香りを、嗅覚や視覚、聴覚だけでなく、味覚として味わえる舌の感覚機能に優れているからです。気が付いているのはボクだけですが、この能力が生かされれば世界一のソムリエになれるかもしれません。

しかし、二十歳を過ぎてもお酒が飲めないヒロシ君には無理な選択です。知的障害者のアルコール摂取は法律で禁じられています。その理由は、依存症すなわちアルコール中毒に陥りやすいからです。それだけが本当の理由なのか分かりませんが、アスペルガー症候群の中には飲酒する人たちもいます。知的障害者の人権問題には、飲酒や喫煙の問題といった高いハードルが存在するのも事実です。

ボクはヒロシ君がビールを飲む姿は想像できませんが、高志さんは仕事が終わった後で、実に旨そうに喉を鳴らして冷えたビールをゴクゴク飲みます。

時には洋子お姉さんも笑顔でいっしょにビールをつき合っています。こんなにも美味しいビールを飲める高志さんは羨ましいと思いました。

高志さんや洋子お姉さんが幸せを感じる魔法の液体なら、ヒロシ君にも飲ませてあげたい。それこそ、もしヒロシ君の知的障害が完治したら、家族全員でその旨いビールを飲める日が来るかもしれません。

ヒロシ君はここ帯広での生活が非常に気に入っているようです。乳牛の世話も牛舎の掃除も苦にしません。農作業として畑仕事も積極的に手伝ってくれます。

超高層ビルが立ち並ぶ大都会より、この帯広の大自然によって生み出された大地の匂いと美味しい空気が、ヒロシ君の味覚の感性に合っているからでしょう。

しかし、ここで洋子お姉さんが嫁いだ高橋牧場にとっても、ヒロシ君の石田家にとってもちょっと厄介な問題が持ち上がってきました。

日本中のいろいろなところからの問い合わせが、高橋牧場に殺到したからです。

もちろん知的障害者を抱える家族からがほとんどですが、なかには養護学校の先生方の見学やボランティアの申し込みまであります。

それは自閉症と診断された弟、ヒロシ君の高橋牧場での仕事ぶりが紹介されたからです。

一生懸命、牛舎で乳牛の世話をするヒロシ君の記録を、洋子お姉さんが日本保育協会月刊誌の『全保育協会』に投稿したのがきっかけです。

高橋牧場でのヒロシ君の生活が、大自然の中に溶け込んで、家族が一丸となっていっしょに働く姿が、多くの人の心を動かしたに違いありません。

しかし、これはあくまでもヒロシ君のために作られた行動表であって、まだ療育センターの施設には、ほど遠い段階なのです。

洋子お姉さんが目指している「ナチュラルセラピー」は誰にも話していませんが、違う次元の挑戦なのです。

そして今日も、洋子お姉さんは手紙や電話やメールでの問い合わせに対し、お断りの返事に追われています。自閉症児や自閉症者にとって、理想の療育施設に入所したい知的障害者を抱える家族が数多くいることも事実です。そんな中で「ナチュラルセラピー」が一人歩きをしたようです。

幼児期や学童期の問題とは異なり、成人期における知的障害者の社会適応はそれをとりまく家族をも巻き込み、多くの新たな問題点を発生させています。家族にとっても、知的障害者に対する社会での自立支援は決して容易なことではありません。

洋子お姉さんにとっての「ナチュラルセラピー」の目的は、知的障害者を受け入れる「高橋自然療育センター」の設立ではありません。

ヒロシ君のような知的障害者が安心して社会で暮らせるような、身体を使って働きながら糧を得る、そのサポートを家族がいっしょに働きながらしていくといったシステムが評価されたのでしょうが、これらは自閉症児や自閉症者だけをあずかるのではなく、あくまでも障害者を中心とした家族の共同生活が基盤なのです。

しかし、知的障害者を持つ家族が、自分たちの生活を放棄してまで知的障害者といっしょになって汗を流して働くということは、家族の生活そのものを変えていかなくてはならないことなのです。

すでに何人かの関係者や家族が見学にやってきました。なかには直接、知的障害児を連れてくる家族もいました。ほとんどの家族が大自然な中での環境には興味を示したものの、ここで一緒に生活することには賛同しませんでした。

しだいに洋子お姉さんは、見学を許可することにも限界を感じるようになっていました。見学者の中には月額のお金を支払うから、自閉症者を引き取ってほしいと言ってくる人も出てくる始末です。

その現状には、自閉症者の専門の施設が極端に少ないことも原因なのです。

その点は高志さんやヒロシ君のお父さんやお母さんも同じ意見でした。

たとえ入所が可能となっても、対象者はヒロシ君が適応できる範囲と同じだとは限りません。知的障害者が増えれば増えるほど多種多様な対応が必要となります。それは障害者だけではなく、考え方の異なった家族との共同生活という多くの問題を抱え込むことなるのです。

理想の概念はヒロシ君の段階で止まったままで、それからは一歩も進んでいません。それは洋子お姉さんが初めて経験する「療育」の難しい問題点でした。


東京で開かれた広汎性発達障害研究会で出会った田代みどり子さんが息子の孝彦君を連れて帯広にやってきました。ミドリ子さんは洋子お姉さんと同じ干支ですが、ちょうどひと回り上です。

研究者にまでなって弟のヒロシ君の病気と取り組んでいる洋子お姉さんには相談しにくかったのかもしれません。それでみどり子さんは、直接ヒロシ君のお母さんに事情を相談して、体験見学会が実現したのです。

来年から中学生になるみどり子さんの一人息子、孝彦君を大自然に育まれた環境で過ごさせる療育への期待が高かったに違いありません。帯広にやって来るのに一年近くかかったのは、洋子お姉さんから聞いていた、いっしょに過ごす覚悟を決めかねていたからなのです。

しかし現実は過酷でした。孝彦君は乳牛に触るどころか牛舎に近づくこともできません。何回かトライしたのですが、孝彦君の場合は泣き叫んで嫌がるだけでなく、パニックから、てんかん発作を起こす始末です。

将来、ここでの生活に期待していたみどり子さんですが、孝彦君には適応できないと判断したようです。必ずしもボクはそうは思いませんでしたが、孝彦君のお母さんであるみどり子さんが落胆したのは言うまでもありません。

東京に帰る前日の夜になって孝彦君を寝かしつけたみどり子さんが、二階からリビングに降りてきました。表情は相当落ち込んでいるように見えました。

洋子お姉さんは明日のスケジュールの確認をしています。ホワイトボードに家族を含めたスタッフの仕事が記入してあるのです。

「ご迷惑をおかけして本当にすみません……」

みどり子さんは意気消沈しています。

「初めての経験で、孝彦ちゃんは驚いただけだから。私だって大きな牛を見たときは、触るどころか怖くて近づけなかったのよ」

洋子お姉さんがてんかん発作を起こした孝彦君のことを慰めています。

「みどり子さん。私は迷惑なんて全く思っていませんから、気になさらないで下さい。孝彦君もゆっくり慣れればなんでもなくなるわ。触れ合うまでには数カ月はかかるかもしれないけれど」

「でも、感覚的に孝彦は動物と合わないかもしれない。それは今回の牛に限ってじゃなくて……。数年前に犬を飼おうとしたことがあったのだけど、子犬ですら寄せつけなかった」

「ここでの生活は乳牛の世話だけじゃなくて、畑を耕してジャガイモやとうもろこしも作っているの。農作業も楽しいわよ。少し時間をかけてみてあげて。もう少し孝彦ちゃんが環境に慣れたらきっと変わると思うわ」

「そうだといいのだけれど……」

ため息をついたみどり子さんの表情は暗いままでした。東京の学会のときに出会った頃とはまるで様子が違います。気づいたのは洋子お姉さんでした。

「何か、孝彦君以外にも心配事があるの」

ちょっと言い出すのをためらっていたみどり子さんがやっと重い口を開きました。

「洋子さんは幸せね。あんな素敵な旦那さんと結婚して、自閉症児を抱えている家族に理解を示す人なんて、滅多にいないのに……。きっと洋子さんが素敵だから赤い糸がつながてくれたのね」

今にも泣きそうなみどり子さんに、牧場で取れた牛乳がたっぷり入ったカフェオレをすすめています。

「ところでみどり子さんのご主人は、どんな方なの」

みどり子さんは一瞬、視線を窓の外に向けました。

「いい人だったわよ。でも孝彦の自閉症を受け入れられなくって、結局、離婚したの……。私が孝彦から解放してあげたのよ」

「そうなの……」

「洋子さんのお母さんにも話してなかったのだけど、別れた主人も高機能知的障害者じゃなかったのかと思っている」

突然の告白に、洋子お姉さんは驚きました。

「高機能知的障害者って、アスペルガーのこと……」

洋子お姉さんはカフェオレのお代わりをすすめています。

「結婚当時からまじめで潔癖症な性格だと思っていたのだけれど……。冷静に観察すると自己中心的でこだわりが強く、なんていうか、融通がきかなくてニュートラルの遊びの部分がまったくないのよ」

「仕事はできたのでしょう？」

「開発プロジェクトに入って結果を求められるようになると、ストレスから会社も休みがちになって、家に引きこもるから、会社も長期病気休職から解雇になってしまったの」

「お医者さんには行ったの？」

「最初は病院には嫌がって行かなかったのだけれど、私が強引に連れて行ったの」

「そうしたら……」

「医者には消耗性うつ病だといわれたわ。そのころになると孝彦の療育問題にも、ほとんど興味を示さなくなった」

「ご主人は一流大学の卒業でしょう」

「高機能知的障害者の部分では、こだわりが幸いして成績は優秀。でも、社会に出ると他人との協調性に欠けるために社会的不適合症だと言われて、さらに落ち込む。勉強ができるからある種の試験にはパスしても、人とのコミュニケーションがまったく不得手だから、当然、社会人としては失格なのよね」

　少し話が途切れてから、みどり子さんは再び話し始めました。

「悩んだ結果、仲の良かった同級生の精神科医に相談して分析してもらったら、最初は統合失調症かもしれないって……。でも統合失調症との違いは、妄想概念があるかどうかだから。アスペルガー症候群の方が診断には近いって。それからアスペルガー症候群を疑うようになった」

　ボクは聞いていているうちに悲しくなってきました。

「しばらくすると、引きこもりだけではなく、ストレスを家庭でぶつけるようになって、暴力は孝彦にまで手を挙げる始末。いらだちを抑えることができなくなっていったの。昼間から布団をかぶって携帯をいじっているから、秘密のアダルトサイトかと思ったら、なんと単純なゲームをしていたの。それも十時間も……」

　思い出したかのように涙ぐむみどり子さんの声は震えています。

「これって限界を超えている。洋子さんには理解できるでしょう。最近になって、やっと主人が高機能知的障害と診断された理由が分かったのよ」

　洋子お姉さんが黙ってうなずきました。

「主人の退職の責任も、彼の両親から責められた。やっと離婚して肩の荷が下りたのだけど、孝彦のことを考えるとやはり不安だわ。広汎性発達障害と診断される人数は、今では一〇〇〇人に対して一人はいるって友達が言っていたけれど……。そんなことは何の慰めにもならない」

「そんなに増えているの。知らなかったわ」

聞いている洋子お姉さんも驚いています。

「最近になって、その実態が明らかになって知的障害と診断されるようになっただけで、実際には昔から多かったのかもしれないわね」

洋子お姉さんが再び熱いミルクたっぷりのカフェオレを入れています。高橋牧場でヒロシ君も頑張った牛乳がたっぷりとカップに注ぎこまれています。

「あなたは、直接の母親じゃなくて、ヒロシ君のお姉さんの立場なのに、自閉症の研究者にまでなって前向きに取り組んでいるから本当に感心するわ」

部屋に戻ってこない洋子お姉さんを心配した高志さんが、リビングにやってきました。

「遅くまで話し込んでいるようだけど……」

とっさに洋子お姉さんは高志さんに笑顔を見せました。みどり子さんの抱えている苦悩に気づかれたくなかったからです。

「知的障害者の将来のあり方について、いろいろと意見を交換していたら、こんなに遅くなってしまって……」

洋子お姉さんはみどり子さんの具体的な悩みについては何も話しませんでした。離婚して傷ついたみどり子さんが可哀そうだったからです。

翌朝になってみどり子さんは孝彦君を連れて東京に帰っていきました。

洋子お姉さんは二人を帯広駅まで車で送っていきました。四輪駆動の車は北海道の大地には似合います。前の助手席にはヒロシ君とそれにボクも同乗しています。みどり子さんは少し元気を取り戻した様子です。バックミラーに写っている孝彦君は、めずらしく後部座席で声を出して歌っています。

牛舎から離れて安心したのかもしれません。しかし、次に高橋牧場にやってきたときには、孝彦君も牛たちと仲良くなれるといいなって、ボクは思いました。

毎週火曜日に定期的に開かれるミーティングが、リビングで始まりました。

参加者は高志さんと洋子お姉さん。ヒロシ君のお父さんとお母さん。それに、高橋牧場から高志さんのすぐ下の妹で、結婚して獣医になっている森谷真理子さん、その妹である高橋由美子さんがテーブルに着きました。その他にも農場や牛舎の手伝いに十二人の若者が働いていますが、今夜のミーティングには参加していません。

牧場の乳牛の管理指導をするのは、今では真理子さんの担当です。真理子さんは獣医の免許を持っているので、洋子お姉さんの立場を理解してくれるばかりでなく、ヒロシ君の療育の理解者で一番の協力者でもあるのです。

だから洋子お姉さんは、真理子さんの応援が一番必要なのです。

週に一度のミーティングといっても参加者は身内だけですから、遠慮することなく何でも話し合えるのです。

高志さんが最初の口火を切って声をかけました。

「ヒロシのこちらでの生活が、スタッフ全員のおかげで、やっと軌道に乗りかけてきました。今では農作業もヒロシはこなしています」

洋子お姉さんに代わって高志さんが協力に対する感謝の気持ちを述べています。

「以前から考えていたのですが、これから高橋牧場の牛乳を生かして、生キャラメルの製造に着手したいと思っています」

何か新しい取り組みを期待していたスタッフは、構想が高志さんの思い付きの発想ではなく、すでに実質的経営者であるお姉さん夫婦とも了承を得ていることに期待が高まります。

「新しい分野にも挑戦して、利益を追求して結果を出し、みんなに還元するようにしたいのです」

拍手が起こりました。高志さんは「生キャラメル」の出荷に至るまでの青写真としてスケジュール表を広げ説明します。

それによると、キャラメル工場の技術者もすでに確保できているようでした。ざわざわしていますが、みんなの表情が明るいのは期待が膨らんでいるからでしょう。

そのとき、洋子お姉さんが立ち上がりました。ちょっと今日は、いつもと違って話の内容が難しそうです。

「今回、私からお願いがあるのですが……。実は、先日見学にいらした田代みどり子さんのお子さんの孝彦君だけ、試験的に二カ月間ここで預かることにしたいのです」

洋子お姉さんの表情が硬いことにボクは気づきました。

この場で、初めて知らされた高志さんは洋子お姉さんの提案に驚いています。少し怒っているようでした。

高志さんが質問します。

「はっきり言って、今の状態で高橋牧場に他の自閉症の子供を受け入れるのは、危険だと思う。ヒロシの行動療法の成果もまだ手探りの段階なのに、違った環境で育ったよそさまの自閉症児を引き取るのは、ヒロシにとってストレスになるかもしれない」

反対されることを覚悟していた洋子お姉さんですが、困った顔をしています。

「とにかく洋子の願いであっても反対だな。家族と一緒になって大自然の中で働いてこそ、ヒロシのように療育の意味があるのに、なぜ今回は孝彦君だけなの？」

「みどり子さんは何故一緒に来ないのかしら、それに期限が二カ月って限定的なのは、理由は何でしょう」

手を挙げた真理子さんが質問しました。高志さんも頷いています。

洋子お姉さんは黙ったまま考え込んでいるようです。

「他人の自閉症児を預かるのは、責任が伴うだろう。うまくいかなくなると、たんに身内だけの問題じゃなくなるぞ。それに孝彦君は牛舎にも近づけなかったじゃないか。またパニックやてんかん発作を起こしたらどうするのだ」

洋子お姉さんの説明の歯切れが悪いのです。

「孝彦君は牛舎の手伝いではなく、農作業に挑戦して療育の適切化を図る必要があるから……」

「なぜ田代さんは孝彦君だけを預けるのだ。それも真理子さんが言うように二カ月の限定の理由はなぜだ」

めずらしくヒロシ君のお父さんが強い口調で言いました。

「まあまあ、そう洋子を攻めたてないでやって下さい」

ヒロシ君のお母さんが、苦笑いしながら口を挟みました。

お母さんが意見を言うのはめずらしいことですが、お母さんは事情を知っているようです。ためらっていた洋子お姉さんが、話す決心をしたようです。

「分かりました。理由を話しますが、プライベートの問題ですので、他言はしないで下さい」

部屋の中で重苦しい雰囲気が漂っています。

「先日、田代さんから手紙を受け取ったのですが……」

電話でもなく、メールでもない。手紙であることがその内容の重さを感じさせます。

洋子お姉さんはゆっくりとした口調で話し始めました。

「自閉症の子供を抱えていると、それぞれの家庭環境で問題は起きます。みどり子さんが現在母子家庭であることはご存じのとおりです。そのみどり子さんが、乳がんの診断を受けて手術することになりました」

「がん」という言葉に衝撃が走りました。洋子お姉さんの説明に、ようやく高志さんも納得したようです。

「田代さんの個人情報になりますから、あえてどのようながんの状態なのかは言いませんが、無事、手術を終えたら孝彦君を迎えにきますから、それまでの間、この高橋牧場で暖かく受け入れてもらえないでしょうか？」

洋子お姉さんは、みどり子さんからきた手紙の詳しい事情については、触れませんでした。それは転移している進行がんである可能性が高かったからです。

「孝彦君の作業療法は、牛舎がだめなら農作業ですか？」

洋子お姉さんを擁護するような真理子さんの問いかけに、高志さんの気持ちが少し動いたようでした。

洋子お姉さんがきっぱりとした口調で話します。

「高橋牧場で受け入れることは、単に私の希望であって、これから検討して決めていただければ従います」

洋子お姉さんはみどり子さんの事情もさることながら、孝彦君のおかれた立場を理解して欲しいと思ったようです。

「ところで話の方向は変わりますが、孝彦君が毎日つけている絵日記を、みどり子さんが送ってきたのですが、これがその絵日記です」

洋子お姉さんは、包みの袋から数冊の絵日記を取り出し机の上に並べました。数人が手に取ってページをめくっています。

高志さんが声をあげました。

「こりゃ驚いた。色づかいといい、絵本のような絵はあの孝彦君が描いたの？」

「驚いたでしょう。天才的な色の才能が孝彦君にはあるのね。この能力を生かせればいいのにね」

真理子さんも手に取って見ています。

「その能力を役立ててあげる場を見つけることが大切ね」

「ゆっくり大自然の空気に触れて生活すれば、孝彦君の将来は画家になれるかもしれないな」

絵日記を手に取ったヒロシ君のお父さんも感心してページをめくっています。

「才能があっても、認知障害を持っている孝彦君が、画家になれるのかしら」

真理子さんが心配そうに、洋子お姉さんに質問しました。

「そうねえ、周りで起こる出来事に対して理解してもらえなくても、認知障害だから、周りの環境に左右されないで、自ら絵の中に入り込めれば才能は活かされると思うわ」

「じゃあ、キャンバスに向かってくれさえすれば、画家の道も開けるかもね」

みんなが孝彦君の潜在能力を褒めちぎっています。

ボクの意見ですが、孝彦君の能力もすごいかもしれませんが、ヒロシ君も潜在能力は持っているのです。ヒロシ君はお酒を飲めないからソムリエは無理だとしても、お茶のテイスティングなら可能かもしれないのです。ヒロシ君の優れた味覚能力が役立つ場面がくるかもしれません。

「では、孝彦君の短期間の入所について、洋子からの提案は受け入れることでいいでしょうか」

高志さんは同意をスタッフの全員に確認しています。

賛同に全員が手を挙げています。反対する人は誰もいませんでした。

しかし高志さんが洋子お姉さんに釘を刺します。

「今回のケースでは、事情が事情だから孝彦君を預かっても、もうこれ以上は、他人の自閉症児を受け入れることには慎重にして欲しい」

「分かりました」

洋子お姉さんは孝彦君を受け入れてくれたことに感謝しています。素直にスタッフに深々と頭を下げています。高志さんが続けました。

「その理由はふたつ、我々はあくまでも自閉症であるヒロシの家族であって、だれひとり知的障害者の専門のセラピストではないこと。それがヒロシだけでなく、多くの知的障害者の集団となると、乳牛の世話や畑仕事にしても、知的障害児・者を個別に指導するスタッフも必要だし、スタッフの教育のこともある」

高志お兄さんの話は筋が通っています。

「高橋牧場でのヒロシの作業療法も手さぐり状態で、たまたま効果を得ているだけで、孝彦君にとってこの環境が適切であるかは分からない」

「実際に、この前パニックから、てんかん発作を引き起こしたから、そのときにどのように対処すればいいのか知っておかないと怖いわね」

　再び真理子さんが不安がっています。

「そうね、心配かけてごめんなさい」

「反対しているわけじゃないのよ。高橋牧場のような、こんなに素晴らしい自然環境の中での作業療法を、ヒロシだけでなく少しでも他の障害者の家族にも分けてあげたいと思ったものだから……」

「洋子の気持ちは大切でも、まずは焦らず、ヒロシの行動療法の効果を上げることにだけ集中して作業を進めていくべきだと思う」

　高志お兄さんはこの度預かる孝彦君のことよりも、ヒロシ君のことがいちばんなのです。

「続けていれば、ヒロシの『ナチュラルセラピー』の結果次第で未来には新しい考え方が生まれるかもしれないからね」

　ボクは驚きました。ヒロシのお父さんも洋子お姉さんの夢を覚えていたようです。しかし、ここで高志さんが再び立ち上がりました。高志さんが、ここで大きく深呼吸をしています。

何の話なのかボクも、ドキドキと緊張してきました。

「実はこの数カ月、ヒロシ君の乳牛に対する作業の行動解析をしているのですが、ヒロシには決まった行動パターンがあることが分かってきたのです。もう少し詳しく解析すれば、ヒロシが乳牛とのコミュニケーションを我々とは違った次元で取っていると考えています。もう少し時間を下さい」

ここに集まっている誰もが高志お兄さんのヒロシ君の行動解析に期待しています。もちろんボクも同じ意見です。

「とりあえず、明日のスケジュールをしっかりとこなしていきましょう。生キャラメルの試作も始まります。ヒロシ君もこれから来る孝彦君のことも、みんなで考えて問題点を解決していきましょう」

高志さんが明るい言葉で結びました。

「ありがとうございます……。よろしくお願いします」

洋子お姉さんが再び立ち上がって、頭を下げ感謝の気持ちを伝えています。

拍手が湧き上がり、定例会のミーティングは終了しました。

第六章

ヒロシ君の挑戦

田代みどり子さんからの連絡を受けた洋子お姉さんが、ＪＲの帯広駅まで四輪駆動の車で向かっています。孝彦ちゃんを一時的に高橋牧場で預かるためにです。ヒロシ君は乳牛の世話でお留守番です。洋子お姉さんの鞄の中には、いつものヒロシ君とボクの仲良しの写真が入っています。

定例のミーティングから一週間が経っていました。

改札口で出会ったみどり子さんは疲れている様子で元気がありません。落ち込んでいる原因が、病気の問題だけではないように思えました。

洋子お姉さんは駅前のファミリーレストランに二人を誘いました。お腹がすいていないのか、みどり子さんは美味しそうなメニューを広げても、ごちそうには興味なさそうです。孝彦ちゃんだけは、卵が上にのったハンバーグの注文に満足しています。

「この度は本当にご迷惑をかけてすみません……」

みどり子さんは何度も何度も「すみません」を繰り返しました。

「孝彦ちゃんのことは大丈夫だから、とにかくみどり子さんは自分の身体の治療に専念して下さい」

洋子お姉さんは、みどり子さんの病気が「進行がん」であることを気づかって、詳しい内容についての話題は避けるようにしました。

話し出したのはみどり子さんからでした。

「手術は来週の木曜日で、東京に戻って明後日、月曜日から入院するの。だから孝彦のことをお願いします」

「しっかり治療してから、ここ帯広に戻ってきてね。二カ月にこだわらず、焦らなくてもいいから」

「乳がんは進行しているらしく、おそらく乳房は切除することになるだろうって、担当の外科医から宣告されました……」

洋子お姉さんは、ただうなずくしかありません。

みどり子さんは運ばれてきたピラフにはほとんど口をつけずにハンドバックから茶封筒を二つ取り出しました。今にも泣きだしそうな表情です。

「これを預かっておいて下さい」

「なんでしょう?」

一つ目の封筒にはかなりの現金が入っています。もう一方の封筒の中身を取り出した洋子お姉さんは驚きました。それはみどり子さんが掛けたがん保険と生命保険の証書だったからです。

みどり子さんの病気の進行状態が推測されます。

「東京の弁護士にお願いして孝彦が受け取るお金は石田洋子さん、いえ、高橋洋子さんが受け取り管理できるようにお願いしておきましたから」

「これは受け取れないわ」

洋子お姉さんは強い口調で断っています。

「お願い……。もしも私の身体に何かあったときには、孝彦のために役立ててもらえばそれでいい。高橋牧場で孝彦を一生面倒見て欲しいなんて、そんな身勝手なことは考えていないし、そんな他人さまに迷惑はかけられない。せめて今は、私が安心して手術台に上がれるように預かっておいて下さい」

テーブルの上に置かれた茶封筒は二つとも、運ばれてきたピラフの横で固まっています。

みどり子さんの決意は、病気に対する覚悟のようにも取れました。ひっこめる様子はまったくありません。

「分かりました。でもこれは弁護士の先生にあずかってもらって下さい」

洋子お姉さんは二つの封筒をみどり子さんに返しました。お金を受け取るつもりはまったくありません。

「受け取ってもらえないと孝彦を預けられない……。せめて現金だけでも受け取って下さい」

「気持ちだけで十分です。手術が無事に終わって、療養したら必ずここに戻ってきてね。それだけを約束してくれたら充分です」

「ありがとう……」

みどり子さんは声を詰まらせ、今にも消え入りそうです。

「ところでこれから、牧場にはこられるでしょう」

「でもご迷惑になるから……」

また迷惑という言葉が出ました。なぜ、みどり子さんが帯広までやってきたのに高橋牧場に立ち寄りたくないのかボクには分かります。

もしもまた孝彦君が、てんかん発作を起こしたら高橋牧場に預かってもらえなくなると気にしているからです。

「高橋牧場が孝彦君を家族として受け入れるのだから、実情も知っておいて欲しいの。牛舎でなく、農作業を手伝ってもらうから、孝彦君に新たな療育の世界が広がると期待しているのよ。孝彦君のことは気にしないでね」

「………」

暗くなった気分を打ち払うように洋子お姉さんが立ち上がりました。

何か急いでいるようです。

「それにみどり子さんの病気のことについては、高志さんを含めた家族だけが手術を受けることを知っているだけで、スタッフには詳しい事情は話してないから心配しないで」

「ご迷惑をかけて……」

洋子お姉さんは高橋牧場に急いで戻ることの理由を話しました。

「実は、今日、あの講演を聞いた小柴田教授が、札幌で開催された日本神経科学学会の帰りに帯広まで足を延ばして、ヒロシの行動療法を見学しに来ることになっているの」

「えっ、あの自閉症の原因がアミノ酸の代謝障害だといった先生……」

「そうなの。だからみどり子さんも孝彦君のてんかん発作を抑える療育方法について、率直に相談してみたらいいわ。専門家に質問できるなんて、めったにないチャンスよ」

「何か変わるかしら」

「変えていかなければ。孝彦君の絵日記を見たけれど、天才的な才能だって高志さんも感激していたわ。将来は画家になれるかもって、その天才能力を社会に生かせる方法がきっと見つかるわ」

「でも……」

みどり子さんは相変わらず消極的です。

ピラフにはほとんど口を付けていません。

「なにも療育のスタッフや私たちに気を遣わなくてもいいのよ。家族も孝彦君を快く迎えてくれるから心配ないわ。たまたま牛が苦手なだけで、これからヒロシともうまくやっていけるわよ」

洋子お姉さんは家族という言葉を強調しました。

ボクも家族です。

「これからは孝彦君の成長に伴って、みどり子さんだけの孝彦君じゃなく、自立を目指したみんなの孝彦君でなければならないと思うの。小柴田先生の研究員も私の仲間だから孝彦君をみんなに紹介したいから行きましょう」

二つの置き去りにされた封筒は、取りあえずみどり子さんのバックの中に無理やり戻されました。孝彦君の前のハンバーグの入ったお皿だけが、きれいに何も残さず食べられていました。

洋子お姉さんは、そうと決まればと、急いでファミレスを飛び出しました。

手にはみどり子さんの大きな荷物を持っています。洋子お姉さんは孝彦君のために用意した部屋もみどり子さんに見せたかったのです。ヒロシ君と隣同士です。中から行き来できるドアもあります。

すでに高橋牧場では、小柴田教授と研究班のメンバーが到着していました。研究グループは小柴田教授を筆頭に、講師の南先生、それに大学院生の野崎君と中田君の四名でした。准教授のグループは一足先に東京に戻ったようです。中田君は大学院生には珍しく女性でした。洋子お姉さんとも久しぶりです。

すでに顔見知りであるヒロシ君のお父さんや、お母さんが牛舎の案内をしてくれています。ヒロシ君はいつものように、懸命に乳牛の世話をしています。

牛と仲良しのヒロシ君の働く姿に、みんなは感動したようです。

中田君は牛舎が初めてのはずなのに行動が積極的です。乳牛にも恐がらずに洗った手でじかに触っています。

「動物とのふれあいは、イルカや乗馬の療育施設があるように、知的障害者にも癒しを与えてくれるのですね」

「中田君、その通りだけれど、自閉症者の感覚には、障害に対するニューロンの伝達機能にも、その後の発達による個体差があるから、みんながヒロシ君のようにはいかないかもしれない。牛というか動物が苦手な障害者もいるからね」

まさに孝彦君のことだとボクは思いました。

南先生が中田君に応えています。

「アメリカのフロリダでのイルカ療法を見学したときには、イルカに圧倒されて溺れそうになったよ」

「南先生が、ですか？　先生は泳げるのですか」

野崎君が中田君に耳打ちしています。

「南先生は泳げないのに、無謀にも浮き袋をつけてプールに飛び込み、イルカに近づいたから、イルカに馬鹿にされたんだよ」

「こらっ。本当のことをばらすなよ」

小柴田グループの先生方の会話は楽しそうで、笑顔が絶えることなく接していることが不思議でした。ボクが知っている自閉症に関わっている研究者の多くは、近寄りがたく、額にしわを寄せていつも怒っているような態度に見えたからです。それは偏見ではなく知的障害関係者に対する配慮から出たものかもしれません。

それにしても、小柴田研究グループは明るいのです。

急に南先生が真顔になりました。高橋農場のスタッフに説明しています。

「その感覚の特徴を科学的にとらえて、個々の療育に生かすのが我々の臨床病理学研究の目的のひとつです」

しばらくして周りを探索していた野崎君が牛舎に戻ってきました。

さっそく話の輪に加わります。

中田君が声をかけました。

「それは嗅覚や、聴覚、視覚などの生理学的アプローチの研究で、野崎先輩がやっているＡＢＲ（聴性脳幹反応）の研究がそれですね」

まるで研究室の宣伝のような中田君の説明に南先生も笑っています。

後輩である中田君を前に博士課程の野崎君は胸を張って得意な表情で説明しています。

ボクの記憶では、小柴田先生が「研究には信念が必要である」と力説していたのを思い出しました。みんなはそれを守っているようです。

「そうだよ。外部から入ってきた音が、内耳を介して間脳の視床下部に伝わるまでの時間を脳波で検討したでしょう」

「南先生、思い出しました。それは潜時（刺激を受けてから反応が起こるまでの時間）

のことでしょう」

「そう、すでに数名の知的障害者には共通の到達時間の異常が確認されているからね」

野崎君が質問しています。研究の話となるとみんなは真剣になって、ボクには難しすぎてよく分かりませんが、ヒロシ君のような自閉症の症状の改善に役立つなら嬉しいことです。

「ヒロシ君にも、ＡＢＲ検査に協力してもらえないでしょうか。そうすればヒロシ君が安定している生活空間の中で、高橋牧場における音と癒しに対する関係が分かるかもしれないですから」

答えを待たずに南先生が話し始めました。

「ＡＢＲ検査の前に、二名の睡眠脳波を取らせてもらったことがあるのだけれど、睡眠中にスローウェイブはほとんどみられず、浅いレム睡眠がずっと朝まで続いていた。これは自閉症者の睡眠の特徴であると分かったのだが、なかなか落ち着いて脳波を取らしてもらえなくてね。まだ発表できる段階でないが、僕はそれがレム睡眠による覚醒脳波であると考えているよ」

「ちゃんとした睡眠がとれていないのですね」

野崎君の呟きに南先生が答えています。

「視床下部から始まる中枢神経機構の障害だから、レム睡眠であっても仕方ないだろう。それより、なぜ無呼吸でもないのにレム睡眠を誘発させるのかが問題ではないか」

ボクはヒロシ君たちの実際の臨床研究がこれほど進んでいるとは思わなかったので驚きました。そういえばヒロシ君は、音とか風とかよりも空気の味に敏感だから、真夜中でもよく目が覚めていたことを思い出しました。

「睡眠脳波を明確にするには、もっと沢山の自閉症者の脳波検査が必要だから、これからも出かけて行って協力者を募って研究しないとダメですね」

野崎君の何気ない言葉に小柴田先生が少し怒っているようです。知的障害者の家族の気持ちを考えずに話したからです。

「ここは大学の研究室ではないから、言動には注意しなさい。ヒロシ君のこの行動療法としての成功体験を実際に見せてもらって勉強させていただくことが、ここへ来た目的であることを忘れないように。知的障害者が汗を流して働き、自力で糧を得て社会に受け入れられれば最高じゃないか」

「すみませんでした……」

野崎君が反省して、小柴田先生に頭を下げています。

ボクは先生方の反応の素早さに感心しました。

「知的障害者が睡眠薬を服用しても薬の効果が限定的なことは、すでに知られている事実だけれども、それがレム睡眠であることは想像がつくだろう。生理学的な解析からノンレム睡眠に移行させることが君の研究の目的だろう。研究のためではなく、彼らの睡眠中の健康管理を問題にするべきで、必要だから脳波を取らせてもらうのだろう。そのことを取り違えてはだめだ」


そんなやり取りの中で、洋子お姉さんが、みどり子さんと孝彦君を連れて高橋牧場へ戻ってきました。

気をつかって高志お兄さんが、みどり子さんと孝彦君を家の中に入れて、車を車庫に戻します。

「小柴田先生、お久しぶりです」

洋子お姉さんの声に小柴田先生が振り返りました。

「ご夫婦の活躍する姿を見に、帯広にある高橋牧場にやってきました。さっそくヒロシ君の行動療法の現場を見学させていただいています」

「先生からご覧になって、久しぶりにご覧になったヒロシの状態は如何ですか？」

「ヒロシ君には大自然だけじゃなく、家族の愛にも囲まれていて、彼にとっては理想の環境ですね。素晴らしいサポート体制です」

「父や母だけでなく、私にとっても、高橋の両親がヒロシには優しく接して下さるので感謝しています」

「先ほど高橋牧場の見学で、ご主人の高志さんや高志さんのご両親にもお会いしましたが、知的障害者に理解があるというより、洋子さんの取り組みに対しても積極的に支援されているのがよく分かりました」

紹介のタイミングを忘れていた洋子お姉さんが、慌ててみどり子さんと手をつないでいる孝彦君を、小柴田先生に紹介しています。小柴田先生は再び笑顔で挨拶しています。

みどり子さんが、さっそく孝彦君の牛舎事件のてんかん発作問題を質問しました。小柴田先生は小さく頷いています。

「孝彦君には、まだ自然の大地の風を受け入れられなかったから、もう少しゆっくり焦らないで見てあげて下さい。初めてのことで緊張したのでしょう。無理やり乳牛に接しようとするのではなく、遠くから孝彦君の様子を慎重に観察してからはじめて下さい」

小柴田先生は、みどり子さんがひとり息子の孝彦君を連れて来た家庭の事情など、何も聞かないで淡々と答えています。それは小柴田先生の医師としての直感なのでしょうか。抗てんかん薬については継続治療が必要と付け加えました。

ヒロシ君は北海道の帯広の空気の味が気に入ったようです。空気がきれいだからでしょうか。ボクは大地を吹きぬけていく風や鳥の鳴き声もヒロシ君の環境に合っていると思っています。

今では乳牛とも大の仲良しです。乳牛の身体を丁寧にブラッシングしていると、牛が喜んでいるのが分かるようです。ヒロシ君は何も話さなくても、牛とはコミュニケーションが取れるのです。

少し早い時間ですが、歓迎のバーベキューパーティーが桜の樹の下で始まりました。研究員も高橋牧場のスタッフも、みんな笑顔でモリモリと食べています。焼き肉奉行は高志さんです。煙さえも美味しく感じられるのは楽しいからでしょう。

朝日から夕日まで、都会の喧騒と違って大自然の中では、一日がとても長く感じられます。自然の中に脳をゆだねていると、ヒロシ君たちだけでなく、いっしょに暮らしている家族のみんなも大地に溶け込み、大地に癒されるのです。

しかし、ヒロシ君のような知的障害者を中心とした生活を親がサポートすることを、反対する意見も決して少なくありません。それは本来のお父さんやお母さんの生活ができなくなってしまうからです。それを「犠牲」という言葉で置き換える人もいれば、そうでない人もいます。


お腹いっぱいに食べてから、高橋牧場のホールにみんなが集まりました。まるで公民館の小ホールのような大きさです。取れたての野菜に、自家製のドレッシング。おにぎりにクリームシチュー、チーズ、みんな高橋牧場スタッフの手作りです。地ビールや牛乳、ミルクコーヒーも並んでいます。

高橋牧場のオーナーである高志お兄さんの両親も参加しています。

あらためて小柴田先生は自己紹介で、脳内のモノアミン代謝物質の研究をしていることを告げました。ボクは期待していましたが、自閉症の発症誘因が腎臓病であることについては触れませんでした。なぜなのか分かりませんが、仮に説明を受けてもそんな箇単に専門知識を理解できるはずもありません。

「ひとつ質問してもよいですか。モノアミン物質ってなんでしょうか?」

高志お兄さんのお父さんの疑問です。それに反応するかのように南先生が答えました。

「脳の神経伝達に必要な物質として、モノアミンにはカテコールアミン系とインドールアミン系があります。このカテコールアミンにはドーパミンからノルエピネフィリンに至る代謝経路が存在します」

「南先生。学会じゃないのだから、もう少し噛み砕いて分かりやすく説明しなさい」

小柴田教授に指摘され、南先生が困った顔をしています。確かに難しいことを素人にも分かるように説明することはかえって難しいのです。

みんな黙って南先生の話を聞いています。

「脳の中にはその情報を伝える、いろいろな神経伝達物質があり、それぞれの神経伝達性ニューロンを伝って代謝されていくのです。少し専門的な話で分かりにくいかもしれませんが、そのシステムを作る段階で障害が起こるのではないかと考えています。すなわち、神経伝達システムの構築異常なのです」

「まだ分かりにくいね」

聞いていた小柴田先生が、地ビールを高志さんと飲みながら、笑っています。

「すなわち山手線が脳内の神経伝達ニューロンだとすると、そこに走っている電車がモノアミン物質なのだと考えて下さい。山の手を一周するためには、このレールが複線になっていたり、途切れていたりするもので、あるときは新宿から渋谷までは新幹線が走っていても、次の五反田までは、バスに乗り換えなくてはならない。また信号は酵素や補酵素です。そんな状態を思い浮かべて下さい」

南先生は必死で説明していますが、いまいち、ボクにも理解できません。小柴田先生はそれ以上の追加の説明はしませんでした。

そのとき、みどり子さんが恐る恐る手を挙げました。

「小柴田先生に質問をしてもいいですか」

「どうぞ、何でしょうか」

次の瞬間、ボクをはじめ、ここに集まっている全員の動きが止まりました。みんなウサギの耳になっています。

「中枢神経の構築異常と言われましたが、もう孝彦の脳の機能が正常に回復する可能性は、ゼロなのでしょうか」

唐突な質問の内容に南先生は、返答に困っています。一呼吸おいて、小柴田先生が再び椅子から立ち上がりました。

「非常に難しいことは事実ですが、不可能では決してないと思っています」

「先生の説では、構築異常は胎児の時期から始まっているのでしょう。だから、その神経伝達の障害であれば、すでに手遅れだと思うのですが……」

ボクはみどり子さんの質問の重さに驚きました。

みどり子さんは小柴田先生の教室の研究論文を集めて必死で解読したのに違いありません。まるで研究者のような質問内容でした。

「確か先生の論文には、可能性としては、早期新生児であれば未発達のニューロンが改善する余地があるとのことですが……。すでに成育した子供たちでは、手遅れなのではないですか」

「確かに、現段階では、不可能に近いのは事実です」

南先生はお手上げです。

「それが新生児に限っては、治療が可能なのですね」

「確かに、ご指摘のように可能性としては早期新生児でははるかに高いと思います。しかし、視床下部から始まっていると考えられている障害を、出産直後に診断することは、今の段階ではまったく明確にされておりません。あくまでも仮説です」

みどり子さんは力なく椅子に座りました。質問の内容がこの雰囲気にそぐわなかったと反省しているようです。

ボクは、みどり子さんの気持ちが痛いほど分かりました。

小柴田先生が静かな口調で説明を始めました。みどり子さんの質問以上に、一同が驚きました。

「私は神経科学の研究者であり、医師免許を持っている医者でもあります。だから診断の確立も大切なテーマですが、ヒロシ君や孝彦君が療育ではなく治療できる可能性についても挑戦していきたいのです。脳の神経伝達性ニューロンの構築異常を、成長してから今になって治すことは、限りなく不可能に近いことも事実です。しかしこれを不可能と、頭から決めつけてはいけません」

小柴田先生が思いつきや、知的障害者を持つ親たちを勇気づけるための言葉でないことは、表情から察することができました。

恐ろしいぐらいの戦慄が周囲に走りました。先生のグループの研究員ですら、誰も言葉を発する余裕がありません。

研究員だけでなく、南先生までもが黙っています。

「中田君は教授の治療研究について何か知っている?」

小声で野崎君が中田君に訊ねています。

「知らない。そんな治療のことを聞いたのは初めて」

ざわついている授業と同じ反応です。

「今この場で、詳細を説明するのは避けたいと思いますが、この治療研究のキーワードはケミカルなアプローチではなく、フィジカルな脳機能の研究が必要だということです」

小柴田教授の話はよく分かりませんが、ボクの目が点になったことだけは、良い意味でヒロシ君に伝えたかったのです。

雰囲気を察した高志お兄さんが立ち上がりました。

「先生、なんだか勇気が湧いてきました。ぜひヒロシや知的障害者の未来のために、研究を続けていきます」

「それはね。ヒントは高志さんが今行っているヒロシ君の行動解析にあるのですよ」

ボクは驚きました。高志お兄さんが継続して行っているＰＣの行動解析プログラムが役に立つかもしれないのです。

なぜか褒められた高志お兄さんは顔の表情がほころびました。

その時です。小柴田先生の話を一言でも聞き洩らさないようにと、緊張していたテーブルのあちらこちらで拍手が起こりました。

高橋のお父さんも手を叩いています。それは、今までに医学的なアプローチを聴いたことがなかったからだけでなく、小柴田先生の研究心に感動したからです。

洋子お姉さんの指示で山盛りのフルーツがテーブルに並べられました。高橋牧場でとれた牛乳で作ったチーズケーキも美味しそうです。研究グループの紅一点の中田君の目が嬉しそうです。

小柴田先生がどうして自閉症に興味を持ったのかは、ボクには分かりませんが、病気の発生のメカニズムの解明に留まらず、ヒロシ君の治療に挑戦している先生はすごいと思いました。

第七章

知的障害者のスポーツへの挑戦

帯広市の名士でもある高志さんのお父さんは、ヒロシ君に出会う前から、身体障害者のスポーツ競技会を支援していました。従って知的障害者にも同じようにスポーツを楽しむ機会を、もっと広げるべきだと考えていたのです。ヒロシ君にも働くだけでなく、市営プールでの水泳教室への参加を勧めてくれていました。

そのかいもあって、ヒロシ君が全国知的障害児・者の水泳競技大会に北海道枠の選手として出場することになりました。

そうです。ヒロシ君は泳げるのです。それも平泳ぎが得意だったのです。

何回か水泳の機会があったことは聞いていますが、いつの間に、そんなに上手に泳げるようになったのかはボクにも分かりませんが、小学生のとき、運動不足を補う目的でお父さんと市営プールに行ったことは覚えています。ヒロシ君のお父さんは学生時代に水泳の選手だったことも影響したのかもしれません。

好タイムを出してから、本格的な練習が始まりました。コーチはヒロシ君のお父さんです。ヒロシ君は、練習を繰り返すうちに、みるみる速いタイムを出すようになったのです。

思いもよらなかったヒロシ君の水泳の才能に、お父さんもヒロシ君の水泳コーチとして頑張りました。その結果、驚くほど上達したヒロシ君は市営プールでめきめきと腕前を上げてきたのです。

北海道地区予選を二位で通過したヒロシ君は、全国知的障害者水泳競技大会の代表選手に選ばれました。

今回、洋子お姉さんも知的障害児・者の全国大会ボランティアとして参加することになりました。

高志さんは帯広でお留守番です。洋子お姉さん自身も、高橋牧場から離れることには抵抗があったようですが、牧場のスタッフはみんな洋子お姉さんの参加に賛成してくれたのです。

洋子お姉さんが考えたもうひとつの理由は、ヒロシ君の水泳競技大会の参加をきっかけに、知的障害者に必要なスポーツのあり方を学ぶことにあったようです。

ヒロシ君のお父さんお母さんも応援団としてついて行くことになりました。

ヒロシ君が主役の舞台はお父さんお母さんにとっても初めての経験です。不安の中にも期待と、代表選手として選ばれた家族の喜びがボクにも伝わってきます。

ヒロシ君の家族は、ふたたび自動車で何日もかけて、ここ横浜にある、横浜国際パシフィコスイミングプールにやってきました。

外に出かけることが好きなヒロシ君ですが、飛行機が大の苦手であることは、あの座席に縛り付けられるシートベルトができないからです。そのことは誰よりもボクがいちばん知っています。

そこでボクの出番がやってきたのです。ボクも大会に連れて行くという洋子お姉さんの提案にボクは大賛成です。

お父さんもお母さんも、ヒロシ君ができる限りプレッシャーを感じさせないようにボクに期待しています。ボクも久しぶりにヒロシ君の背中のリュックに入って参加することになりました。

リュックの中には、いつものヒロシ君の水泳パンツ、水泳帽、競泳用の水中メガネ、スポーツタオルなどが入っています。しかし、いつものお出かけのようにボクがヒロシ君の背中におんぶされたまま、ヒロシ君が泳ぐのではありません。ぬいぐるみのボクは泳げないのです。

リュックに入れる大切な競技用品の用意をしていた洋子お姉さんが、急に何かが心配になって、ヒロシ君に向かって声をかけました。

「ヒロシ、忘れ物がないように自分でも確認しておいてね」

ヒロシ君は、詰めてあったリュックの中身を、今度はひとつずつ、丁寧に取り出しては、テーブルの上に並べています。

「忘れ物なども、ありました」

突然、ヒロシ君がオクターブ高い声を張り上げました。ヒロシ君独特の言い回しです。

「ごめん。わたしが何か、忘れていた？」

洋子お姉さんが慌てて確認をしています。

「忘れないものです」

洋子お姉さんにはヒロシ君の言っている意味がすぐ理解できました。競泳用のパンツが、いつもより予備を含めて二組も多く入っていたからです。

「いいの、いいの、予選に勝ったらもう一度泳ぐでしょう。それまで濡れたままの水着じゃあ身体にもよくないから、予備の競泳パンツが入れてあるのよ」

「予備のパンツは二枚穿きます」

「そうじゃないでしょう。試合のときには、その度ごとに履き替えるのよ。水泳パンツを二枚も重ね着したら泳げなくなるでしょう」

洋子お姉さんは大声を出して笑ってしまいました。しかし、当のヒロシ君は大真面目で聞いています。


横浜国際パシフィコスイミングプールは、今まで見たこともないほど大きなプールです。ヒロシ君でなくても、足がすくみそうになるぐらい堂々とした立派な建物です。

集合時間の三十分も前に到着したのに、すでに玄関前では大勢の参加者やその家族であふれていました。審判員なのか、見るからに水泳の選手らしい体格の人もたくさんいます。選手の誘導係の腕章を腕につけた洋子お姉さんがボクたちの姿を見つけ、遠くから手を振りながら大声で何かを叫んでいます。ボランティアで参加している洋子お姉さんは、ボクたちより一時間も早く着いて準備をしていたのです。

「ヒロシ、ここ、こっちよ。お母さんはそこでヒロシの選手登録を済ませてきてね」

「この参加受付の用紙を出せばいいの？」

お母さんはバッグの中から、選手登録が記入している参加表の紙を取り出しました。受付は選手や家族でごった返しています。

「そう、準備ができたらヒロシに着替えをさせるから、お父さんたちは二階の電光掲示板の右側の席に陣取っていて……」

「陣取っています」

すぐさまヒロシ君が答えました。

「ヒロシは陣取ってないで、試合の準備があるからお姉さんと一緒に来るのよ。あ、そうそう水泳大会のパンフレットを渡しておくから。ヒロシの参加する百メートル平泳ぎの予選は午後からだから、昼食タイムのすぐ後よ」

そう言いながら、洋子お姉さんは振り返って二階に続く階段を指差しました。

「なんだか私たちも緊張するわね」

お母さんもそわそわしています。

「ヒロシ、お父さんの分まで頑張って決勝に残れよ」

お父さんは興奮気味にヒロシ君の肩をポンとたたきました。

「駄目じゃないお父さん、そんなこと言ってヒロシにプレッシャーをかけたら。ますますヒロシが緊張するでしょう」

「そうか……。でも、お父さんもこんなすごいプールで泳いだことはなかったから、いっしょに泳いでみたいよ」

「いやだ、お父さんが選手で泳ぐわけじゃないのに」

お母さんは苦笑いをしていますが、やはり楽しそうです。


しばらくして用意ができたヒロシ君を連れて洋子お姉さんが戻ってきました。水泳帽をかぶったヒロシ君は立派な水泳選手です。

「ヒロシ。競技会なのだから、出る限りは勝たなくては……。優勝すればパラリンピックの出場も夢じゃないのだから、頑張れよ」

「余裕しゃくしゃくなのです。頑張られます」

ヒロシ君がはっきりとお父さんに答えています。ボクは驚いてヒロシ君の顔を見直しました。淡々と話していますが、やはりヒロシ君の顔からは緊張が伝わってきます。

「そうか、よし。その調子で頼むよ」

「また、プレッシャーをかける。それにこの大会で優勝したからといって、まだ正式にはパラリンピックに参加できると決まったわけじゃないのよ」

「そうなのか、でもこんな機会があることは結構なことじゃないか」

「私は単純にそうは考えられないの」

「どういうことだい？」

水を差されたお父さんは、洋子お姉さんの考え方が理解できないようです。

「お父さんたちの考えている、健康人の水泳競技と違って、ダウン症の子供たちのように、実際には飛び込み台から飛び込めない選手たちも大勢いるのよ。どんな環境の中でも、最後まで泳ぎきることが重要なので、知的障害者のスポーツ大会は、勝つことが最大の目的であるオリンピックとは本質的に違うと思っているの。気持ちは分かるけれど、ヒロシの気持ちをあおっては駄目よ」

「洋子、そのとおりなの。昨日から、ヒロシよりお父さんのほうが緊張して興奮しているのよ。まるで自分が選手で競技に出るみたい」

お母さんが嬉しそうに答えました。

「だってヒロシがそこまでやってくれたらそりゃあ、お父さんだって最高だよ。ヒロシのロケットスタートの飛び込み方は、このお父さんが教えたのだから」

お父さんが頭を掻きながら、大きな弁当の入った紙袋を持ち替えました。紙包みの中はヒロシ君の大好物のおにぎりや卵焼きと、おかずがたくさん入っていて、昼ごはんが楽しみです。


洋子お姉さんはヒロシ君を連れて選手控室に向かいます。

気がつけば全国各地から、たくさんの選手が受付に集まってきました。ボランティアの洋子お姉さんも大忙しです。

そのグループの中にはダウン症の子供たちも大勢参加しています。たしかに参加する選手の顔は普段と違って、どの顔も少し高揚しているようです。それは競技大会という独特の雰囲気が会場全体を包み込んでいるからでしょう。

しかし、それ以上に選手を応援する家族の熱気には、もっとすごいものが感じられました。

そのとき玄関ホールでヒロシ君を呼ぶ声がしました。聞き覚えのある声です。声がした方角に目を向けると小柴田先生が手を上げています。南講師の姿もありました。みんな笑顔で応対しています。

「ヒロシ君。今日の調子はどうだい」

「準備万端のようです」

ヒロシ君がはっきりとした口調で答えました。

「そうかい。それは上々……」

洋子お姉さんはヒロシ君に手渡されたゼッケンをにぎりしめると、選手登録室に連れて行きました。

小柴田先生は聴診器を胸のポケットに入れ、救護班のトレーナーを着ています。そばには同じマークのトレーナーを着た大勢のスタッフが救護室の準備に追われています。

その中に先生の教室の大学院生の野崎君や中田君の顔もありました。教室をあげて知的障害者のスポーツ大会を支援しているのです。

知的障害者の水泳大会は運営委員をはじめとして、競技委員のスタッフや会場整理のボランティア、それにドクターが加わった救護班が必要になるのです。それは水泳に対するライフガードだけでなく、予期せぬ出来事として、パニックや自傷にも対処しなければならないからです。


そしていよいよ、待ちに待った全国知的障害児・者の水泳競技大会が始まりました。

電光掲示板に向かって右側のプールサイドにはスチールの椅子が並べられ、大きな名札と花をつけた人たちが座っています。その中のスーツ姿でスリッパの一人が、紹介され軽く会釈しながらマイクの前に立ちました。国会議員だそうです。

ボクたちは洋子お姉さんに言われたとおり、電光掲示板に向かって右側に陣取りました。上から眺めると、なるほど背が高いヒロシ君の姿も見えます。

挨拶が始まりました。一人の挨拶が終わるとまた次の挨拶が始まります。同じような挨拶ですが、終わるとまた次の人が立ち上がりました。次から次へと胸に大きな花飾りをつけた人が入れ替わるので、挨拶が終わりません。

よく見ると反対側にいる選手たちは立ったままです。手足をぶらぶらさせながら、疲れたのか中にはその場にしゃがみこむ選手もいます。

挨拶の内容はボクには分かりませんが、ボクはいずれにしても、挨拶が長すぎると思いました。誰も文句は言いませんが、選手のみんながそう思っているのは間違いありません。

やっと試合が始まりました。挨拶をした人たちは自分の挨拶が終わるとそそくさと、知的障害者の水泳競技大会は見ないで帰っていきました。

知的障害者に対する愛の支援とマイクで言っておきながら、本心ではヒロシ君のような知的障害者の水泳大会には興味がないのでしょう。

スタート台は結構高くて飛び込むには勇気がいります。ヒロシ君はできますが、飛び込めない選手は背泳のように水につかってスタートします。選手たちのスタートを合わすのは大変らしくフライングが目立ちます。みんな緊張しているからです。

そのとき洋子お姉さんがヒロシ君をつれて観客席にやってきました。

「ヒロシの競技が始まるのは午後からだから、ここで待機していてね」

「食事はいつ取らせればいいの」

お母さんが心配そうな表情で、洋子お姉さんの指示を伺っています。

「大丈夫よ、休憩時間には私が戻ってくるから」

そう言って洋子お姉さんが階段のほうへ戻りかけたときです。洋子お姉さんに駆け寄ってきた少年がいました。水泳パンツをはいて水泳帽をかぶっています。競技に出る選手に違いありません。洋子お姉さんは選手の誘導係の腕章をしているから、何かを聞きに来たのでしょう。

「すみません……」

まるで蚊のなくような小さな声でした。小学生の四、五年に見える少年はダウン症のようです。

「なに？　どうしたの」

「これ……外れて留まらないのです」

少年が差し出したのは、競泳用の水中メガネでした。洋子お姉さんはメガネを受けとると、後ろの調節ゴムが絡まっているのを直してあげました。

「ありがとうございます」

少年はさっそくメガネをつけ、ゴムの調節を確かめると、ペコリと頭を下げて嬉しそうにプールに駆け出していきました。

少年の笑顔は輝いていました。洋子お姉さんは無意識のうちにヒロシ君を振り返りました。ヒロシ君はこのことに気がついているのか、それとも無関心なのか、手を振っている洋子お姉さんに対して、何のリアクションもありません。

洋子お姉さんの胸に熱いものがこみ上げてきたようです。それを振り払うかのように、プールに続く階段の方角に走って行ってしまいました。

なにが洋子お姉さんの気持ちをそうさせたのか……。ボクは洋子お姉さんの気持ちが分かりますが、それはヒロシ君にとっても、どうすることもできない事実です。

この件については触れないことが一番いい解決法だと思いました。

次々と競技大会のプログラムは進行していきます。楽しみにしていた昼食もあっというまに終わりました。

そしていよいよヒロシ君の出番がやってきました。お父さんもお母さんもそわそわ落ち着きがないようです。

泳ぎが得意なヒロシ君は二〇〇メートルの平泳ぎにも挑戦します。これから始まる五組目のスタートです。ヒロシ君はスタートで飛び込めますが、何人かは飛び込めない選手もいるようです。

スターターの声とホイッスルの音がプールサイドに響いてきます。すでにヒロシ君が飛び込み台の後ろの椅子に座っているのが見えます。次のスタートのようです。

参加選手の年齢はまちまちで、ヒロシ君より明らかに年上の選手も見受けられます。ヒロシ君の前の組がスタート台に上がったとき、ボクは驚きました。あの洋子お姉さんが水中メガネを直してあげた少年がいたのです。彼はスタート台の上で、まるでランニング競争のようなスタートのポーズをとっています。

たぶん飛び込んだことがないのに、みんながスタート台に上がっているのでそうしたのに違いありません。

大丈夫かな。ボクは心配になりました。スタートの合図と同時にボクの心配は的中しました。足から飛び込んだためバタ足で、平泳ぎではなく、まるで犬かきのような泳ぎになっています。夢中で手足を動かすものだから、五〇メートルの半分も行けず、二〇メートルでついに力尽きたのか、とうとう立ち上がってギブアップしてしまいました。

ライフセイバーのお兄さんが飛び込んで救出しにいきます。

今日は特別の水泳大会だから、水泳協会側もいつもと違って、プールの深さを足が着くように浅く設定されています。

他の選手は平泳ぎで頑張って粛々と競技は進行しています。

そのとき同じプールサイドから異様な叫び声がしたのです。五〇メートルを少し折り返したところで、一人の選手がゲボゲボむせながらプールの中で立っています。

どうやら叫び声の主は、彼の母親らしいのです。母親は入ってはいけないプールサイドに駆け寄ってきて彼に向かって怒鳴っています。プールサイドに這いつくばった姿勢で、今にも水の中にも入りそうな勢いです。制止する競技の係員の声など全く耳に入らないようです。

「こんなところで立ってしまって、根性なし。元晴……最後まで泳ぎ切りなさい」

プールサイドに待機しているライフガードも、悲鳴に近い、あまりの勢いにたじたじでなすすべもありません。本当は選手の足がプールの底についた時点で試合は放棄となり、直ちにプールから出なければならないのです。

元晴君と呼ばれた選手は、母親の激励に答えようとしたのか、再びゆっくりと泳ぎ始めました。あと二〇メートル、一〇メートル、五メートル……。やっと泳ぎ切りました。競技委員も拍手で迎えています。

ところが元晴君はターンするとまた泳ぎ始めました。そうです。元晴君は二〇〇メートルの平泳ぎに挑戦していたのです。

お母さんがプールサイドを這うように大声を上げながら「伴走？」しています。もう誰にも元晴君を中止させることができません。

突然の出来事に、プール全体がシーンと静まり返っています。競技大会に参加した全員の視線が元晴君に注がれています。

自閉症児の元晴君はそんなことにはまったくとらわれることもなく、母親のエールに答えるために必死で泳いでいるのです。

ついに元晴君が二〇〇メートルを、最後まで泳ぎきってゴールしました。

まるで世界記録が出たかのようにプール全体が拍手の嵐です。ライフガードも競技委員も、一緒にやってきた親たちも、プール全体が感動の渦で包まれていました。

プールから上がった元晴君を母親がバスタオルで身体を包み込んでいます。背中をやさしくさすっています。母親の目には涙が浮かんでいました。

しかし、プールから上がり、肩で大きく息をしている元晴君は無表情のままです。失格しているのに最後まであきらめずに完泳させた元晴君のお母さんの行為は、本当は正しかったのでしょうか？　正しいとか正しくないとか、そういう判断とは違った次元の中に答えがあるとボクは思います。

中断していた競技大会が再スタートしました。いよいよヒロシ君の出番です。ヒロシ君のグループはフライングもなくスタートが切られました。ヒロシ君は力強く水をかきわけ、ぐんぐん進んでいます。

「ヒロシがんばれ」

「しっかり」

お父さんもお母さんも口に手を当て、大声で応援しています。ヒロシ君と同じ目標に向かって夢中になれるってすばらしいことです。

そしてヒロシ君は二〇〇メートルをみごと一着でゴールしました。タイムからいって予選通過は間違いありません。

「ヒロシ。頑張ったね。一番じゃないの」

洋子お姉さんはプールから上がってきたヒロシ君にバスタオルを手渡し、声をかけました。

「疲労困憊です」

「まだ予選が終わったばかりでしょう。本番はこれからよ」

「疲労困憊です」

力のすべてを出し切ったヒロシ君の言葉の意味は理解できます。ボクは競争で一番になった喜びよりも、期待されていた義務を果たした充実感が、ヒロシ君の言葉になったものだと思いました。

「分かったわ……。今、お母さんのところに案内するから、決勝戦のときがきたら、迎えに行くから、そこで待っていてね」

洋子お姉さんがヒロシ君を家族の応援席に送り届けた後、プールサイドに戻ってきました。そこであの、水中メガネの少年にばったり出会いました。

「どう、水泳は楽しかった？　飛び込みのときにお腹を強く打ったようだけど大丈夫だったの」

「大丈夫です。僕は飛込みが苦手で残念です。また次の機会には頑張ります」

「そう、飛び込みはパスしてもよかったのに……。また挑戦して頑張ってね。応援しているわ」

少年は本当に残念そうに、顔をくしゃくしゃにして「頑張ります」を繰り返しました。洋子お姉さんは、飛び込みがうまくできなかった彼の心を傷つけてしまったことが心配になりました。

「僕は飛び込みが苦手だから頑張ります」

洋子お姉さんは、頑張る言葉を繰り返す少年の素直さに改めて感動しました。

同じ知的障害でもダウン症や脳性小児麻痺などの人たちに、自閉症と同じ土俵で競技をさせるのは少し酷な気がします。体力的にも能力的にも、もっと気軽に楽しく、みんなが同じようにスポーツに参加することができたらいいのに……。これは競技を観ていたボクの考えですが、一方では病気別の競技は差別化につながると反対意見があるのも事実です。

再びヒロシ君の登場です。決勝戦は二組十八人で争われることになりました。決勝戦にもなると、どの選手も、いかにも水泳選手のような立派な体つきです。アナウンスで選手が紹介され、手をまっすぐ挙げたポーズは、まるで本物のオリンピック競技を見ているような雰囲気です。

飛び込み台に上がったヒロシ君は、今まで見たこともないりりしい顔つきです。

競技がスタートしました。

さすがに決勝だけあってハイレベルでの戦いです。ヒロシ君の最初のピッチは良かったのですが、一〇〇メートルをターンしてからが、少しスピードが落ちてきたようです。懸命に水をかいているのが分かります。息苦しくなったのか、呼吸と手足の動きが合いません。

ヒロシ君のタイムは予選を二秒も短縮したものの、結果的には五着でした。でも五着入賞は立派なものです。

ヒロシ君は満足そうに「疲労困憊」を繰り返していました。

一着に輝いた選手は、有名な水泳クラブに所属して専属の水泳コーチもいるようです。

優勝者をたたえるメダル授与の儀式が始まりました。

洋子お姉さんたちがメダル受賞者の誘導をしています。壇上に上がり首に金、銀、銅のメダルをかけてもらっています。

他の用事があったのか、すぐに帰った国会議員の奥さんが代理で受賞のメダルを手渡しています。奥さんの胸にも大きな花が飾られていました。

どの選手の顔も生き生きとして輝いています。

ボクにはスポーツ大会がこれほど知的障害者にとって、期待されているものであるとは考えてもみませんでした。しかし、優勝した選手の父親と、聞こえてきた小柴田先生との会話からはちょっと違った考え方があったのです。

優勝選手の父親は自分の息子が、すでに知的障害者の国際スポーツ大会にも参加しているらしく、知的障害者の水泳連盟の理事をしているとのことでした。

救護班の小柴田先生にこぼしています。

「先生、いくら日本でいい成績を上げても、国際大会では歯が立ちませんよ」

「どうしてですか？」

「外国では国際大会やパラリンピックで金メダルを取るために、どこが知的障害なの？と、疑いたくなるような選手ばかりなのです」

「たしか、参加資格ではＩＱが六五とか六〇以下とか決まっているはずでしょう」

「それがそうでもないのです……。国際大会ではとても知的障害には見えない選手が大会に参加してメダルを独占していくのです。逆に、彼らには日本の選手が、かなり重度の障害なのに、よくここまで訓練をして頑張っていると感心されたぐらいですよ」

小柴田先生はちょっと困った顔をしました。

「身体障害者のパラリンピックとは次元が異なり、知的障害者のスポーツ大会では、全員が金メダルでいいじゃないですか。優劣を競わせることには反対です」

「でも、目標を立てて、良い成績が出ると、うちの息子なんか心から喜んでいますよ」

「失礼ですが、それはご両親が一番望んでいる姿であって、参加することに意義があるのです。あまり商業的オリンピックの影響をそのまま知的障害者のスポーツ大会に持ち込むことは好ましくないと考えていますが……。これはあくまでも私、個人の意見ですが、一着、二着、三着の表彰台もなく、完泳した選手には全員金メダル、そして途中まで参加したものの、棄権して頑張れなかった選手にも銅メダルをあげるべきです」

小柴田先生の意見に、その父親はかなりムッとした様子です。

「競争の原理は、知的障害者にも必要だと思いますが……」

「その考え方もあるでしょうが、ある国際大会で、二着になった選手がどうしても理解できなくて、一着の台から降りようとしないのです。そして一着になった選手が台に上がろうとしたとき、その選手を突き落とそうとした例があるのですよ。もちろん国際大会の出来事ですが……」

「先生。それは、ほんとうに稀な外国での特殊な例でしょう。ちゃんと言い聞かせれば、うちの息子はそんなことしないですよ」

知的障害者を持つ家族の夢を壊すわけにはいかない。小柴田先生はこれ以上、言葉に出しませんでした。

パラリンピックへの知的障害者の参加は、スペインのバルセロナで開催されたオリンピック、さらには続いて行われたパラリンピック大会のときに、首都マドリードで別団体としてパラリンピックではなく、知的障害者国際スポーツ大会が行われたのがきっかけで始まったのだそうです。

その後、長野での冬季パラリンピックに、知的障害者の選手が別枠で参加したことは有名ですが、知的障害者の部門が分かれていても、競技会場の使用について身体障害者の競技日程を変更するなど、多くの解決しなければならない問題を抱えているということもまた事実です。

世界中の知的障害者が、スポーツを通じて友好な交流を深めることができ、しかもそれが知的障害者への福祉と支援を高めていくことは、国にとっても個人にとっても需要であるとは、誰もが知っていることです。

しかし、パラリンピックへの参加となると、パラリンピック委員会の規約や運営、国際的な知的障害者の参加基準、さらには身体障害者とは異なった知的障害者のスポーツ競技会の運用のあり方についても、まだまだ数多くの難問題の壁が存在するのです。

第八章
未知への挑戦

田代みどり子さんが高橋牧場に訪ねてきました。

無事に乳がんの手術を終えて孝彦君を引き取りにやってきたのですが、以前のみどり子さんが青白い顔で元気がなかったことを考えると、久しぶりに見る限りでは大丈夫そうな様子です。

洋子お姉さんの迎えを断って、帯広駅からタクシーで高橋牧場にやってきました。みどり子さんは、他人に迷惑をかけることへの気遣いが異常なほど過敏なのです。リビングに入ったみどり子さんは、周囲を見渡して過ぎ去った日のことを思い出しているようでした。

洋子お姉さんが出迎えます。

「元気そうで何よりだわ」

「お陰様で……。手術より、術後の抗がん剤や放射線治療のほうが辛かった。まだワンクール終わったばかりだけど……。孝彦はここでの生活で迷惑をかけていませんか？」

また迷惑という言葉が出ました。

「孝彦君には乳牛は苦手だったけれど、農作業には興味を示して頑張っているわ」

「実はそのことで相談するために来たのだけれど……」

一週間前に、洋子お姉さんは、みどり子さんから手紙を受け取っていたのです。孝彦君の将来に不安を抱いているみどり子さんは、孝彦君の絵画の能力を引き出すためにも、パートナーとしての自閉症介護犬の取得を検討していたのです。実は孝彦君より自分の健康不安が、この度の決断の理由です。

「みのりの学園」の吉野先生にも直接会って情報を得てきたのです。

「それはニューホープアシスタンスドッグ協会のことでしょう」

洋子お姉さんは、単刀直入に切り出しました。

「そうなの。紹介された吉野先生にも、孝彦のことを何度か相談した結果、その可能性に賭けることにしたの」

話のいきさつから、吉野先生がみどり子さんの強引さに押し切られた感がありましたが、それについて洋子お姉さんは触れないことにしました。

「でもアメリカでの生活は大変でしょう？」

「孝彦を日本の特別支援学校に進ませるかどうかで悩んだけれど、思い切っていっしょに渡米することに決めたの」

「決めたって言っても、あちらでの受け入れ態勢のこともあるでしょう？」

「日本で悩んでいても仕方ないので、吉野先生にお願いして、私だけでもと思ってニューホープアシスタンスドッグ協会に、吉野先生といっしょに見学に行ってきたのよ」

「えっ！　もうすでにペンシルベニアの、ウォーレンに行ってきたの」

みどり子さんの行動力の早さに、洋子お姉さんは驚かされました。それもがんの手術後の抗がん剤治療のさなかに出かけたのです。できるときに何かをしておかなければならないという、みどり子さんの病気に対する焦りが感じられました。

「ウォーレンは小さな町だけれど、知的障害児のための教育施設もあるの。そこなら自閉症介護犬と、いつもいっしょに療育を受けることができるから」

「私も身体が動くうちは頑張るつもりなの。私も元気ならいつかニューホープアシスタンスドッグ協会のセラピストの資格を取りたい」

「ところで、自閉症介護犬のトレーニングの許可はいただいたの？」

「やはり吉野先生が勧めるドーラが一番の候補よ。真っ白なラブラドールだけれど、まだ三歳でかわいい盛りにもかかわらず、厳しい訓練にも優秀な成績で突破しているの。可愛いだけじゃダメみたい。夢のような話だけれど、みんな縁なのよね。ありがたいわ」

みどり子さんは興奮気味で、舞い上がっているようです。しかし、それも病気の術後の心配を振りほどくためのポーズではないかと、洋子お姉さんは気づきました。それで話の矛先を変えました。

「みどり子さんは、語学はたしか……」

「英米文学部を卒業して、外資系に勤めていたから会話ぐらいはなんとかなるでしょう」

「そこまで覚悟を決めているのはりっぱだわ」

「当面の渡米費用は、持てる財産をすべて売り払って用意したから……。少しでも孝彦のためになるなら何でもやるわ」

洋子お姉さんは、みどり子さんが言葉に詰まった理由がすぐ分かりました。

「自閉症介護犬の費用のことは手紙にも書いたように、高橋牧場のお父さんが支援してくれるから心配ないわ。帯広グランドロータリークラブの理事会に掛けて承認されたから、金額が決まったら先方の協会の口座番号に振り込まれる手はずになっているそうよ。それに米国のペンシルベニアのグランドロータリークラブも協力してくれるそうよ」

「ほんとうに、洋子さんには何から何までお世話になって感謝してもしきれない気持ちでいっぱいです。手術のときは孝彦を押し付けて面倒を見てもらって……ごめんなさい」

思わずみどり子さんはハンカチを取り出し、涙をぬぐっています。

「そんなこと、苦しいときはお互いさまじゃない。孝彦君も牛舎は苦手だったけれど、トウモロコシやジャガイモつくりは興味を示してくれたのよ。孝彦君にとって農作業は楽しそうだったわ」

みどり子さんはちょっぴり残念そうな表情を浮かべました。高橋牧場における療育も考えないわけではなかったようですが、ヒロシ君の行動療法の環境に割り込むことはみどり子さんの性格からしてできなかったようです。

不幸にして右片方の乳房を失った傷は、そう簡単に癒えることはないでしょうが、必死で前向きに生きようとするみどり子さんの姿勢に、洋子お姉さんも応援しているのです。

そこへ高志さんがやってきました。

「おじゃましています」

「いらっしゃい。洋子から聞きましたが、日本初の自閉症介護犬に挑戦されるのですって。すごいことですよ」

「この度はわがまま言って申し訳ありません。高志さんのお父さんにまで迷惑をかけてしまってすみません」

「吉野先生とニューホープアシスタンスドッグ協会に見学に行かれたそうで、すごい行動力ですね」

「あとがないから……」

またみどり子さんが涙をぬぐっています。

「ヒロシも飛行機に乗れたら、アメリカに行きたかったでしょうが、ヒロシの分まで孝彦君が頑張ってくれればいいのですよ。今夜は泊って行かれますか」

「いえ、孝彦を連れて夕方の飛行機で東京に戻ります。お父様にも直接お礼が言いたくて参りました」

「じゃあ、せめてお昼の野菜たっぷりのカレーでも食べて行ってください。ヒロシが手塩にかけて作った野菜ですから、美味しいですよ」

「では、そうさせていただきます」

緊張がいっきに解けたのか、みどり子さんは再び泣き顔になりました。そばで聞いていたボクも泣きそうです。

運ばれてきたカレーの甘辛さが、涙を中和させてくれます。久しぶりにお母さんに出会った孝彦君は、カレーをお代わりする勢いで美味しそうに食べてくれました。


十月を過ぎると北海道帯広市の秋は短く、紅葉の季節もあっという間に冬化粧に変わります。すでに窓の外は白銀の世界、しかし、リビングの中央には大きなダルマストーブがデンと座っています。空気孔からは薪が赤々と燃えさかっているのがみえます。

もう灯油のセントラルヒーティングだけでは、寒さをしのぐのは十分ではありません。

ダルマストーブの上にのっている大きなやかんの口から、蒸気が機関車のように噴出しています。

薪ストーブの炎にもまして、ミーティングルームを兼ねたリビングではホットな意見が取り交わされていました。

北海道に来る前に、洋子お姉さんが夢に抱いていた「ナチュラルセラピー」におけるヒロシ君の行動パターンの解析は、高志お兄さんの努力で新たな可能性が出てきました。新たなる未知への挑戦なのです。今では何の迷いもありません。

ヒロシ君の一歩が、不可能とされている知的障害者の治療への扉を開けることになるかもしれないからです。洋子お姉さんが考えていた「ナチュラルセラピー」構想が高志お兄さんの行動解析の協力を得て、夢の実現に一歩近づいたのです。

もちろんそれには小柴田教授の基礎研究があったからです。そして自閉症介護犬テージンの、鏡の中の自分を認知する行動にヒントがありました。

高橋牧場の中にヒロシ君だけのミラクルセラピー研究施設が整いました。まだ外枠だけで、内部の研究設備はこれからですが、その進捗状況は小柴田教授にも定期的に報告されています。

資金提供は高志さんのお父さんです。ヒロシのためだけでなく、これがすべての知的障害者の治療への可能性につながるかもしれないといって、喜んで協力してくれました。ヒロシ君は、みんなの深い愛に包まれています。

最近では小柴田先生も、忙しい時間を割いて毎月のように高橋牧場を訪れます。これまでも数回にわたって、小柴田先生の脳機能の生理学的講義を聞いてきましたが、理解するのは難しかったのです。しかし、高志お兄さんの考えを、具体的にその治療方針につなげていく方針について教えてもらうのは、これが初めてです。

小柴田先生が、今回、連れてきたのは理工学部の北川教授のグループです。なぜ北川先生との共同研究が必要であるのか、やっと明らかになってきました。

知的障害の治療がもしも可能とするならば、それはフィジカルなアプローチである、と言っていた小柴田先生の言葉を、今、思い出しました。

「この度、『高橋記念ミラクルセラピー研究所』が設立されることとなりました」

小柴田先生から「高橋記念ミラクルセラピー研究所」などの名称を聞くのは初めてだったので、知らされていなかったスタッフは驚きました。小柴田先生の考えは、資金を財団法人にして運用するつもりなのです。洋子お姉さんの「ナチュラルセラピー」が基本となったことは事実です。また高志お兄さんのヒロシ君の行動解析が基礎になっているることはボクも知っています。

研究の成果が評価を決めるといった小柴田先生は、本気であることが分かります。

再び、小柴田先生があの広いリビングのボードの前に立ちました。

「これからの研究計画を簡単に説明いたします」

資料を配る小柴田先生の表情は固くても、説明には丁寧な言葉を選んでいます。

紹介された北川先生は、電子工学の教授でパソコンのスペシャリストだそうです。すでに高志お兄さんの行動解析データはＰＣにインプットされているようです。

ボクは、今から何が始まるのかワクワクして聞いていました。

そこで発表された、奇想天外とも取れるヒロシ君の治療方法は驚くものでした。

小柴田先生は結論から入ります。

「まず、今までのヒロシ君の行動解析を、映像として取り込み、次に改善したヒロシ君をバーチャルで製作します。その治癒した姿とは言えませんがバーチャルのヒロシ君が、現在のヒロシ君を治してくれるのです。バーチャルと言っても劇画や漫画の映像ではありません」

みんな狐につままれたような顔つきです。小柴田先生は続けます。

「その治す手立てにはマジックミラーを使います」

「鏡ですか？」

おもわず洋子お姉さんが声に出してしまいました。高志さんからも聞いていなかったので驚いたようです。

小柴田先生に促され、北川先生が立ち上がりました。

「小柴田教授から最初にお聞きした時は、あまりにもアイデアが奇抜で信じられませんでした。理論の発案者はここにいる高橋高志研究員です」

高志お兄さんに注目が集まりました。立ち上がって会釈しています。緊張が伝わってきます。再び北川先生がマイクを受け取りました。

「しかし、その理論の根底には知的障害者に対する家族の愛と、治療に対する強い意志があるからです。意思の疎通が新たなニューロンの活性によって可能になるかもしれません。またこの方法ならヒロシ君にも非侵襲で強要することなく、自然な形でゆっくりと、ヒロシ君の脳機能を回復させるミラクルを期待しているのです」

「それでヒロシの状態が良くなるのですか？」

ヒロシ君のお父さんが驚いて声をあげました。

「それは今の段階では分かりません。簡単ではありませんが、なにかヒロシ君の脳機能に今までとは異なって、良い影響を及ぼす可能性はゼロではありません」

側でうなずいている小柴田先生も同じような反応です。治るという言葉は出てきませんが、今までと違った次元での結果は期待できそうです。

小柴田先生が立ち上がって補足します。

「それはやってみないと分かりませんが、可能性としては皆無ではありません。ヒトの脳の機能は無限です。神経伝達性ニューロンの再生能力に期待しましょう」

「先生、鏡とおっしゃいましたが、鏡をどう使うのですか？」

今度は洋子お姉さんが質問しました。理論を行動に移すまで自信のない高志お兄さんは、洋子お姉さんにも打ち明けていなかったようです。

誰もが狐につままれたような表情ですが、理解しようと真剣です。

これには専門医の北川先生が説明します。

「ヒロシ君に、小さな部屋の中で鏡に向かって簡単な作業をしてもらいます。我々もそうであるように、鏡の中に映っている姿は、自分であると認識できるはずです。しかし鏡に映っている自分は本当の自分ではありません」

「どうしてですか」

おもわず洋子お姉さんがさらに質問しました。

「鏡に向かって右手をあげて下さい。しかし、鏡に映っているあなたは、左手をあげているでしょう。それは正面だから、当たり前だと思い込んではいませんか。鏡の中のあなたは無意識のうちに左右、逆の脳の機能を使っているのです」

「………」

聞いている誰もが驚きのあまり無表情で、なるほどと、頷く様子もありません。

「しかし、あなたは何の疑問を抱くこともなく、鏡に映っているあなたが、自分だと認知しています。だから、たとえば瞬目反射、すなわち瞬きを、ほんの数回映像で増やしても何の違和感も、感じないはずです。違和感どころか、鏡の中のあなたがしたことを認知することによって、鏡の中のあなたにあなたが合わせようとするアダプテーション（適応）反応が見られるはずです」

「そんなことが実際にありうるのですか」

「そうです。ただし、これらの実験が行われたのは、これらは脳梗塞を起こした成人ですでに得られた結果であって、知的障害者に証明されたわけではありません」

「先生、その方の効果はあったのですか？」

「今も実験継続中ですが、驚くような効果は実証済みです」

「そんな簡単に、鏡の中の自分を見て騙されるのですか？」

行動療法の発案者の高志お兄さんも、知的障害者に応用できるかは興味を越えて真剣な表情です。

みんな自分に置き換えて考えているのです。ヒロシ君がどんな反応を示すのか想像もつかないからです。

「それはいくらバーチャルでも、あなたが右手を挙げているのに、鏡の中のあなたが遅れて左手を挙げたのでは脳の機能は騙されませんね」

「ゆっくり少しずつ時間をかけて、脳の機能を回復するというより、新たな神経の伝達機構を再構築させる方法です。北川先生にお願いして作ってもらった装置は、鏡がマジックミラーになっていて、逆側からヒロシ君の表情はリアルタイムにコンピューターに取り込まれ、映像化されています」

「そんなことが可能なのですか……」

洋子お姉さんは不思議そうな表情をしています。

「最初は瞬目反射からはじめて、しだいに口輪筋の反応に移ります。口角の変化は表情筋ですから、簡単に言いますと笑顔を作るのです。笑顔といっても微笑ですが……」

洋子お姉さんはようやく理解できたようです。

ボクは知的障害ではないヒロシ君は、見たこともなく想像すらできません。もちろんあったこともありません。しかし、鏡の中のヒロシ君が、鏡の外にいるヒロシ君に影響を与えるためには、鏡の外のヒロシ君は、鏡の中のヒロシ君をそれは自分だと思い込むことが重要なのです。なんだか、ややっこしい話ですが、北川先生や小柴田先生の考え方がようやく分かりかけてきました。

翌朝、東京から長時間かけて四トントラックが到着しました。

次々と機材が運び込まれています。五台ものコンピューターに、テレビカメラも数台設置されました。組み立ては東京の研究室で実証済みだそうです。

その日から、いよいよ臨床実験が始まったのです。発案者の高志お兄さんも共同研究者のひとりとして張り切っています。

ヒロシ君の鏡の前でのトレーニングとして、リハーサルが繰り返し行われました。映像のテストパターンに選ばれたのは、ボク。そうです、トニーなのです。ボクは体を動かすことはできませんが、ヒロシ君の実験に役に立つことで感激しています。

カメラの位置や機材のセッティングには膨大な時間がかかりました。

まる二日が経ちましたが、関係者は研究室にこもりっきりで、睡眠も交代でとっているようです。

突然、モニターを見ていた北川先生が大声を出しました。何か重大なトラブルが発生したようです。

鏡の中のボクを膝に抱いたスタッフの映像は、鏡の前のボクに時間差のわずかなずれが発生したのです。それは一秒以内とはいえ致命的な欠点です。目的は十分の一秒以下にするのです。

「そんなに早くクマを動かさなくってていいよ」

「先生。これでどうでしょうか」

「君が鏡を見ていて、鏡の中の君に違和感を、感じないかね」

「それは気づかなかったですが……」

「この実験は、いい加減じゃだめなのだよ。完全な映像を鏡面に映し出さなければ意味がない。ほぼ時間差なしで瞬時に送らなければ、この実験は成功しない」

北川先生は、何度も何度も繰り返しモニターを調整しています。単なる電気信号のズレではなさそうです。

一方、小柴田教授は、ヒロシ君が使う鏡の前での行動評価パターンを検討しています。米国のCARSと呼ばれている行動評価票を参考にしているのです。

やっとヒロシ君の出番がやってきました。

高橋記念ミラクルセラピー研究施設の中に、防音壁で区切られた小さなボックスのような部屋があります。

マジック部屋と名付けられている部屋の中央には、備え付けの机と椅子があります。そして机に向かって正面の壁には、四方が五十センチの小さな「鏡」がありました。

鏡の横には数ミリの穴が開いています。内視鏡カメラが数カ所に埋め込まれており、天井にも照明器具とカメラが付いているのです。まるで秘密のスタジオのような雰囲気の部屋です。

今日から撮影が開始されました。

ヒロシ君は繰り返し同じ動作の行動を指示されています。一日に十数分であっても、何カ所からの同時撮影なので膨大な情報が蓄積されます。マジックミラーの反対側では、ヒロシ君の正面にカメラが据えられています。誰の話し声もありません。みんな真剣にヒロシ君と向き合っています。

ヒロシ君の目の動きも別の角度からの映像で、同時にどこに焦点が合っているのかを解析します。

五日間の撮影を撮り終えた北川先生のチームは、さっそく得られた映像の分析と解析、それに表情が改善されたヒロシ君のバーチャル合成に取り組むため、いったん東京に戻りました。

未知への挑戦が始まりました。しかし、現実はそんなに簡単なことではありません。考えるだけで何もしなければ何も変わらない。これは小柴田教授の持論です。やってみると新たな知見が明らかになり、またそこで新たな疑問が生まれるのです。その一歩は決して無駄ではないと分かっていても、有意義な結果を得るまでの時間は無限です。とても時間の重さに耐えられない。真実を解き明かすために研究は孤独との戦いでもあるのです。

ボクは小柴田先生の言葉を思い出していました。

「研究はね、ジグソーパズルみたいなものだと思うよ。小さなブロックを、実験を積み重ねては製作する。そのブロックのパーツは何百か何千か何万個かは分からないが、とにかくひとつひとつが正確でなければ、正しく組合わせることはできない。噛み合わないパーツをいくら作っても、また、並べ変えても正しくはめ込まれなければ絵柄は見えてこない……。

でも真実に近づくためには、たとえ無駄になってもパーツを作り続けるしかないのだよ。そして噛み合わないブロックの間違いに気づいて排除する勇気も持たなくてはね。それが我々研究者の使命かもしれない」

小柴田先生はまるで自分にでも言い聞かすように繰り返し言葉にします。

北川先生からヒロシ君の行動解析の結果を受けて、小柴田先生は驚いています。知的障害者の多くが、アイコンタクトが苦手なのですが、ヒロシ君は鏡に向かって鏡の中のヒロシ君とはしっかりとアイコンタクトができているとの報告でした。もちろんじっと見つめ合うことはありません。それでも、ヒロシ君が鏡の自分を認知しているからでしょうか。自閉症児にはアイコンタクトが苦手だとしても、必ずどこかで自分の姿を捉えていることは事実なのです。

これもこれからのテーマです。

決して治療をあきらめない小柴田先生の姿勢に、ボクはヒロシ君の明日の炎が微かに見えた気がしました。

今年の北海道の帯広は例年になく豪雪です。

深い雪の中、冬眠中の生き物は、じっと息をひそめて春の到来を待っています。

高橋牧場に最近になってヒロシ君の新しい仲間が増えました。自閉症介護犬ではありませんが、ビーグル犬の「ビル」です。まだ四カ月の子犬ですが、とにかくはしゃいで部屋の中を飛び跳ね走り回っています。理由はボクには分かりませんが、孝彦君がみどり子さんと渡米したことに関係があるのかもしれません。

犬のビルはぬいぐるみのボクに興味を持ったのか、遊び相手として欲しがります。

ボクの心境は穏やかではありません。ボクをがぶりと口にくわえて振り回すからです。

ボクはヒロシ君の同志であって、ビルのおもちゃではありません。

自閉症介護犬ならこんな恐怖はなかったはずです。みんなは、そのビルの動作が可愛いと目を細めていますが、ボクはビルが大嫌いです。

しかし不思議なことに、ビルはヒロシ君にはなついています。しかし、ビルは介護犬でもなく普通の犬です。それは識別の問題ではなく、遺伝子の持つ特性かもしれません。

ヒロシ君の家族全員が協力して、高橋記念ミラクルセラピー研究がスタートしました。そして、知的障害の症状の改善研究に大きな期待を寄せています。それは未知の世界の治療の可能性に、小柴田先生が挑戦しているからです。

厚労省ではフェイズ2で許可が下りなかった、テトラハイドロバイプテリンやパンクレオザイニン・セクレチンに作用する消化酵素など、脳機能に関わっているホルモン物質も試みられた報告もありますが、症状を改善させると報告がなされたものの、いずれも薬物効果は明確でなく、障害児の行動改善にはほとんど一過性で、しかも限定的でした。

根本的な治療は症状の改善を含め、皆無に等しいのです。

そこで小柴田先生が自閉症の原因究明からＰＣを駆使したＡＩ分野に大きく舵を切ったのです。

第九章

狼少女カマラ

高志お兄さんの実家のリビングに大きな本棚があり、その奥に押し込まれて眠っている一冊の書籍がありました。B・ベッテルハイム他著・中野善達編訳の『野生児と自閉症児』です。

一九二〇年、今からおよそ百年近くも前のこと、インドのミドナプールから約百二十キロ離れたゴダムリ村の近くで、白アリ塚の下のほら穴から狼と一緒に過ごしていた二人の人間の子供がシング牧師と村人によって救出されました。

シング牧師によって救出された二人の少女は、カマラ「桃色のハスの花」とアマラ「明るい黄色の花」と名付けられ、ミドナプールの孤児院で育てられることになったのです。

その後、狼少女の養育日記がシング牧師によって、一九四三年に出版されました。狼が人間の子供を育てたという事実は、インドのミドナプールの人々に限らず、世界中の社会学者や教育学者、さらには心理学者や精神分析医までを驚嘆させるに十分な話題であったのです。

しかし、シング牧師の九年間にわたるカマラの療育訓練の記録では、おそらく救出された年齢は八歳か九歳だったと思われるカマラが、食堂のテーブルの前にまっすぐに立ち、ミルクがいっぱい入ったコップを持ち上げ、それを飲むことができるようになるまでに、シング牧師の夫人が、付きっ切りで一年半にもわたってマッサージを続けたこと、さらに毎晩、三回の吠え声が断続的になるまでに数年、さらにカマラが四十語ほど話せるまでには四年の歳月を要したと記されています。

シカゴ大学の精神分析医のペッテルハイム教授が立てた仮説は、カマラとアマラの行動が自閉症児の行動と酷使しており、自閉症であることを悟った親に遺棄されたのではないかという疑念でした。その遺棄された子供を、たまたま狼が連れ去り育てた可能性が強いという推論だったのです。

この仮説がきっかけとなって、多くの専門の学者が批判的検討を含めて、次々と論文を発表、専門雑誌に掲載されました。

狼少女の救出から三〇年以上も経って、また、カマラの死亡が一九二九年に確認されてから約四十六年後の一九七五年、カマラとアマラの現地調査についての報告が、イギリス人のオグバーン教授と、インドの人類学者ホース博士との協力によって行われています。

高志お兄さんのすぐ下の妹である森谷真理子さんは、結婚後夫婦で獣医師として高橋牧場で働いています。義理の姉に当たる洋子お姉さんの弟、ヒロシ君が自閉症であることを知って真理子さんは驚きました。しかし、高橋家の両親は洋子お姉さんの家族全員を、ヒロシ君を含め温かく受け入れてくれたのです。

『野生児と自閉症児』の本を所有していた真理子さんも協力することにはやぶさかでは

ありませんが、しかし現実として自閉症のことは全く知りません。早速二つ年下の妹である由美子さんに相談しました。

教諭の免許を取得している由美子さんは帯広市の公立小学校の先生をしています。偶然にも先に読んでいた真理子さんは、本棚に眠っていた『野生児と自閉症児』の書籍を取り出し由美子さんに手渡しました。

教育学という立場で、カマラやアマラがいかにして野生児から人間社会に適応していったのか、また適応できなかった事柄についても深く興味を抱いていたからです。

獣医師である真理子さんも、ヒロシ君のことが知りたくなって繰り返し読んだそうです。しかし結論に至るどころか、ますます疑念が膨らむばかりです。身内での問題となると、この話題は刺激的過ぎて洋子お姉さんには失礼になるからと真理子さんは消極的でしたが、家族として受け入れるからには、由美子さんは洋子お姉さんに教育者の立場から本音で話してみたかったのです。

そして石田ヒロシ君が家族とともに帯広市の高橋牧場にやってきました。家族として機会があれば、兄の高志さんから聞いてはいましたが、自閉症に対して知識が豊富な洋子お姉さんに、疑問を問いかけてみたかったのです。洋子お姉さんの結婚式も無事に終わり、秋から冬に模様替えをした頃に真理子さんと由美子さんにそのチャンスがやってきました。

洋子お姉さんはミーティングを快く引き受けてくれました。みんなが寝静まった頃に、ダルマストーブを囲むように座り、三人は語り始めました。驚いたことに、『野生児と自閉症児』は、実は洋子お姉さんも過去に読んだことがあったのです。その洋子お姉さんが口火を切りました。

「あくまでも、私の意見だけれども、狼少女のカマラとアマラは絶対に自閉症児ではないと思うわ」

「失礼ならごめんなさい。でもその根拠となる考え方を教えて?」

真理子さんが訊ねます。

「私はもちろんカマラには会っていないから分からない。でもヒロシは生まれたときから発達障害で、その過程をつぶさに見続けているから……。ただそれだけで、それは論理的に否定の根拠にはならない。狼少女たちの行動よりも、カマラのその後の心を開かない発達の困難さが自閉症説の源になっていると思う」

洋子お姉さんは根拠よりも実際の経験を優先しています。

「これはあくまでも私の私的見解で、大学も理学部だったから自閉症児の専門家でもないでしょ。その後、大学院の小柴田研究室で自閉症の基礎研究は学んだけれど……」

ボクは聞いていて、洋子お姉さんは少し引いて話しているのが分かります。

「私たちも結論が出ているわけじゃないけれど、気を悪くしないで聞いてね」

真理子さんが意見を述べます。

「狼は二人を餌として捕えたものの、偶発的に子供が狼の乳房をむさぼったことから、狼の母性本能で、乳を与え育てたのではないかしら、自閉症児だから育てたという理由にはならないわね」

これは獣医師らしい真理子さんの意見です。

ボクは洋子お姉さんが自信を持って「絶対」と言い切った意味が知りたくなりました。

洋子お姉さんは、本の中に出てくる描写を、ゆっくりと紐解くように解説しています。

「ミドナプールの孤児院でのカマラの問題行動の記載があるでしょう。壁を向いて静かに横になってちぢこまり、暗がりを好む。それは人間社会に対する適応の問題だと思うの」

洋子お姉さんと同い年の由美子さんも黙って頷いています。

「突然、狼の社会から引き剥がされたのだから……。それよりカマラが、人間にも物に対しても全く興味を示さなかったことは、自閉症の症状とは異なっている」

「カマラはきっと狼を母親だと認識していたでしょうね。それを目の前で殺されたのだからトラウマになっても当然だわ」

真理子さんは人間たちが母親狼を殺したことに声を詰まらせました。

由美子さんもカマラの現象を、知的障害と重ね合わせています。

「たしかに、狼のように手足を折りたたんで四つん這いで歩き回り、手を使わずに生肉を食べたことや、皿から犬のように手を使わずにミルクを飲む。ドアを引っ掻くような仕草、夜の吠え声は、逆に狼社会の環境に適応せざるを得なかったからでしょう」

洋子お姉さんもカマラと真剣に向き合っています。

「さぞかしそれを見たシング牧師は、この行動が、狼を想像させて驚いたことでしょう。異常としかいいようのない行動だから仕方がなかったかもしれないけれど、重要なのは成長に大切な幼児期に、狼によって生存環境が設定されてしまったことだと思う」

教育学の立場から由美子さんの洞察には鋭いものがありました。

「それならば、すぐさま人間社会に復帰させ、適応させることが困難であっても仕方ないわ……。療育では孤児院という立場での哲学的な観点に加えて、シング牧師の宗教的人間愛の影響も無視できないでしょう」

意見を述べている由美子さんは、頭の中でカマラの姿を想像しているのか暗い表情をしています。

「由美子さん、私は狼が人間の子供を育てた事実と、その子供たちの社会的適応が困難だったからといって、安易に発達障害の自閉症であると位置づけることは無理があると思うの。問題点の次元が違う」

洋子お姉さんが、いつの時点でこれほどまで深読みしていたことにボクは驚きました。

「そうね、その頃の自閉症は概念だけで、今と違って医学的にも脳機能の病態的解明がまったく明確になされていない時代でしょう。当時は人間とのコミュニケーションが欠落した事実だけで、すぐに自閉症と決めつける傾向があったのかもしれない」

由美子さんは教諭として発達障害についてかなりの見識を持っているようです。

真理子さんは両手を広げストーブにかざしました。

「そのとおりね」

「それにシング牧師夫妻は、カマラやアマラも孤児院の正常な子供たちと数年交われば、野生児から本来の人間へと復活するであろうと、宗教家だけではなく教育者としても期待していたからだと思う」

由美子さんは、はっきりと意見を述べました。

「事実は、そうは簡単じゃなかった……」

「そうね。アマラは六、七歳のカマラと違って、救出されたときの年齢が一歳半ぐらいと推測されていても、二人が姉妹である証拠はなく、むしろ、違った時期に連れ去られてきた可能性が高い……」

洋子お姉さんも考え込んでいます。

「狼の母親は、なぜひとりじゃなく二人も拉致して、育てようとしたのかしら」

「それは、その狼だけでしか分からないことでしょう」

真理子さんが苦笑いしながら、すぐに言い返しました。

「狼と人間の子供が、数年間も穴倉の中でいっしょに暮らした事実ですら、否定する学者もいるぐらいだから」

「そういえば年少のアマラは、孤児院で一年もたたずに感染症で病死したと記述されていたでしょう」

「どうしてインドの僻地とも言われている地方の出来事が、世界中に広がったのかしら」

洋子お姉さんにとって、『野生児と自閉症児』の著書の内容が、狼に育てられた二人の少女が知的障害、それも自閉症であるなどの見解には、否定的だったようです。その理由は、はっきりしています。洋子お姉さんはヒロシ君を赤ん坊のときからずっと成長を見守ってきたからです。いくら時代が違うからと言って、狼に育てられたカマラと比較されること自体が考えられない不愉快な次元なのです。

小学校の教諭である由美子さんの方は、狼に育てられたら狼になる事実に対し、母親の育て方や接し方がいかに大切であるか、何度も読み返したことがよく分かります。

「動物は最初に餌付けしたものを親と思う感覚があるらしいけれど、母乳をむさぼった狼少女もそうなのかしら……。その後の環境は自分を狼だと認識していった……」

由美子さんは、すでに気づいた問題点をノートにまとめ記録しています。そのノートの付箋を目印に広げました。

「シング牧師は、英国教会派のパケナム・ウォルッシュ主教に神学校で教わっており、狼に育てられた二人の少女のことを、ロンドンの友人に手紙で打ち明けたことで公表され、世界中に広まったといわれているでしょう。当時でも相当ショッキングなニュースであったらしい」

「シング牧師は、それからが大変だったでしょうね……」

真理子さんも眉をひそめました。

「世界中に公表されてからは、新聞記者や訪問者、さらには問い合わせの手紙などが、インドのミドナプールの孤児院に殺到して、悩んだって書いてある」

「………」

三人とも口数が途絶えました。

由美子さんは、しばらく無言になって考え込んでいる洋子お姉さんの気持ちを、すぐに汲み取ることができました。

「洋子さんごめんなさいね。ヒロシ君のことをカマラと比較したかったわけじゃなく、カマラの話が刺激的過ぎてどうしても納得できなかったから聞きたかったのよ」

「いいのよ。気にしないで、私に分かることは私の意見として答えるから」

由美子さんは、いちばん洋子お姉さんに聞きたかった本の内容に絞りました。

「孤児院でも、いつもカマラはアマラを抱きかかえるように重なりあって眠っていた。年少のアマラの方がヒトへの学習能力は優れていて、むしろカマラがアマラの行動をまねて学習していたらしい。しかし、アマラの死によってカマラの環境は一変したらしい。カマラの精神状態は今でいう『うつ』状態になって、無気力状態が続いた……」

「当然といえば当然かもね。時期は異なって狼に育てられても、外見は狼ではなく人間でしょう。同じ種の個体をもつ仲間を亡くした悲しみは、それは大きかったでしょう」

「彼女たちは人間に救い出されて、幸せだったのかしら……」

真理子さんがぽつりと言いました。

「その質問には答えられないでしょう。間違っても、狼といっしょがよかったなんて考えたくない。でも、何度も孤児院から逃げ出そうとした事実は変えられない」

「逃げ出したかった気持ちは分かる気がする……」

洋子お姉さんも暗い表情で頷きました。

「しかし時が経つにつれ、いつも食べ物の世話をしてくれるシング夫人に興味を示し始めた。この話だけなら、失礼な言い方かもしれないけれど動物への餌付と変わらない。

しかし、カマラの人間への関心はしだいに知能が発達して、成長していった人間性の回復にあるの」

教育の重要性を信じる由美子さんは続けました。

「明確なことは、残されている複数の論文だけでは推し量れないけれど、カマラは五十もの単語を覚え、色に対する関心を示したのは赤だけにせよ、自分の衣服を覚え、所有権を主張するまでに至っている。これらの発達過程は、脳機能障害といわれている知的障害にも通じることなのかしら……。そのことがいちばん引っかかることだわ」

「それが事実であったとしても、それがカマラやアマラが『拘り』の自閉症であるという根拠にはならないでしょう」

洋子お姉さんは、自説を曲げてはいません。

「そうね……。動物、とりわけ狼が、人間の子供を養育した話はカマラやアマラだけでなく、たしか、インドのアグラ地方で、四年間も狼と暮らした狼少年の話もあるでしょう。インドに限らず、アジアの未開の地域では、野生動物に捕捉され育てられた物語は、誇張され伝説に変えられ、数多く存在するわ」

「そうなの」

真理子さんと違って、洋子お姉さんは別の視点での疑問を持っていたのです。

「逆にカマラやアマラが、なぜ狼とのコミュニケーションを会得できたのか。狼の中での生活の特殊な環境因子が影響したのかもしれない。しかし、その行動が奇行であっても、人とのアイコンタクトや、人間社会への復帰能力が苦手なだけで、彼らを自閉症と結び付けようとした一部の学者の短絡的な考え方は間違っている。自閉症の病態に対する行動評価と学習能力も、狼少女と比較するのは見当違いだわ」

洋子お姉さんは、本の内容を思い出したのか怒っています。

由美子さんも大きくため息をついて補足します。

「昔から『三つ子の魂百まで』という諺があるけれど、まったくその通りだと思うわ」

「今のご時世だと保育園どころか乳幼児から施設に預けて働きに出る母親が多くいるでしょう。母親からの母乳や抱っこは重要な乳幼児の母子のコミュニケーションだから」

これには洋子お姉さんも由美子さんと同じ意見のようです。

「保育施設の不足ばかりが注目されているけれど、特に乳幼児期の子育ては産んだ母親の義務でもあると思う……」

「そんなこと言ったって、子育て社会のシステムが変わってきているのだから……。特に大都会では乳幼児を託児所に任せて働きに出ることが、当たり前のようになってきている」

「乳幼児が母親から受ける遺伝情報や免疫力が含まれた授乳や、身体からじかに得られる愛情は脳の発達にも影響すると思う」

「でも由美子さん。自閉症の発達障害の発症誘因は胎生期にあると言われていて、私はその説を信じている」

洋子お姉さんの考え方に由美子さんは困惑しています。

「じゃあ、乳幼児を保育士が育てても変わりないってこと？」

「そうじゃない。乳幼児の子育ては重要な要因でも、そのことによって後天的に脳機能の発達障害児が形成されることはないと言っても過言ではないわ」

そのとき、真理子さんが話を狼の子育て話に戻しました。

「現地調査の記録を読んでみると、シング牧師が救出したように語られていても、現地での検証ではモーバニの森のアリ塚で二人を捕捉したのは、実は現地のサルタン族の人たちであったとの説もあるのよ。シング牧師夫妻の人間愛に満ちた療育の功績は評価されても、狼に育てられた人間が、母親役の狼によってヒトの遺伝子的本能を封じ込めることが可能かという点と、狼によって幼児期に感化された影響は、その後の成長に人間性を持った社会に対する適応が困難であったという報告が、私にとっては疑問点なの」

「真理子さんは仕事柄多くの動物と接触してきたものね」

洋子お姉さんの表情が和らぎました。

「動物園で実習研修も行ったけれど、私個人的にはダーウィンの進化論は納得できない。霊長類の猿はあくまでも猿であって、どんなに高等教育をしても言葉を話したり火を扱えたりしない。ヒトはあくまでも進化の過程で発生した突然変異だと思っている」

「でも、真理子さん、ヒトが猿の母親に猿の環境で育てられたら猿になるの」

「もちろん猿にはならないでしょうが、あとでヒトの生活空間に戻れるかは疑問だわ。しかし猿社会からの影響は大いに受ける。すなわち育てられる環境は乳幼児の成長には重要な要因であることには違いないでしょう」

「しかしいくら話しても、狼少女が自閉症であった根拠は不明のままだわね」

「私たちの疑問に対する答えは、結局、『分からない』でしょう。誰かが誇大脚色した文章や論文をいくら検証しても、真実を垣間見ることさえもできない」

洋子お姉さんの言葉に、由美子さんもうなずきました。

「そうね、これらは特異稀《まれ》なる環境条件であって、人間社会に置き換えて、よく教育の現場で引用されるような『親の育て方』の問題とは根本的に違う論点ね」

「たとえ文献であっても、書物であっても事実を見て確認したわけではないから、結局は推論からは出られない。でも軽々に自閉症の病因と結びつけて欲しくないわ」

「そうね……」

　真理子さんも由美子さんも、結論に導かれなくても、洋子お姉さんの言葉にみんな納得できたようです。結論には至らなくても、ストーブの上に牛乳たっぷりのカフェラテが温められています。真理子さんは大きなマグカップに注ぎ入れ、みんなに配っています。温かい飲み物が冷えた心を癒してくれました。

「おやすみなさい」を言って、洋子お姉さんがダルマストーブの空気孔を閉じました。

第十章
勝利宣言

　まだ北の大地、帯広市の桜便りは届いていません。今年の春も日本列島を南からゆっくりと北上しているのです。

　中断していた高橋記念ミラクルセラピー研究所が再稼働する日がやってきました。再び小柴田先生の研究グループがヒロシ君のミラー行動療法の第一段階の結果を持って大勢でみえたのです。その中には電子工学の教授の北川先生の顔も見えます。

　洋子お姉さんは、ヒロシ君の症状の改善への挑戦に対しては、何の疑問も不安もありませんでした。それはこの研究がまさに未知への扉であったからです。

北川先生の考えでは、一秒のずれは致命的なのです。十分の一秒以下の確率で精度をあげなくてはなりません。いやそれ以上に瞬目反射は、百分の一秒の世界なのです。

いったん大学に戻って、映像技術の開発に心血を注いでいたのです。

膨大なヒロシ君の映像資料は、ＡＩ（人工知能）を駆使しても、バーチャル処理は困難を極めました。

高橋牧場に到着した二組の研究員たちは、新しく名称が決まった高橋記念ミラクルセラピー研究所の実験施設にこもったまま二日が経ちました。顔を揃えるのは食事のときだけです。

三日目の朝、再びヒロシ君が研究施設に呼ばれました。

すでに洋子お姉さんも高志さんも息をひそめて、鏡の反対側の部屋でヒロシ君の表情を見つめています。反対側の三台の大きなモニター画面には、鏡の前のヒロシ君と、鏡に映し出されているヒロシ君、そして鏡に映し出されたヒロシ君を見ているヒロシ君が、それぞれ大きく画面に映し出されています。その他に何のための画面か分かりませんが、別の三台のモニターが設置されていました。

ボクは小柴田先生の治療への理論の第一歩が、やっと少し理解できました。

小柴田先生の説明によると、まずヒロシ君が鏡に向かいます。その映像が①のモニターです。鏡を見ているヒロシ君の映像を、瞬時にコンピュータ操作を加えてヒロシ君側の鏡の中に映し出します。それが②のモニターです。

鏡を見ているヒロシ君は、行動のすべてを自分であると認識するはずです。

それが一番重要な問題点ですが、自閉症者はアイコンタクトが苦手であるからです。しかし、実際には視野の中ではじっと見つめ合うことはなくても、必ずどこかでちらちらと意識しているので、生のヒロシ君の視野の中に入っていることは事実です。

三回の瞬きを五回に増やしたヒロシ君の映像を送ります。行動評価に基づいたパターンを繰り返し行います。

瞬きだけではなく顔の表情、とりわけ唇の周囲の口輪筋の動きにも注目しています。

それは、自律神経の影響を敏感に受けやすい部分だからです。顔面神経の支配を受けている口輪筋、すなわち口唇の口角位置を少し数ミリだけ、ずらすのです。

ボクは北川先生が「ダメ出し」した理由がやっと分かりました。もし一秒後に鏡に写っているヒロシ君の表情が変わっても、ヒロシ君は騙されません。鏡の意味がなくなるからです。

何百回も繰り返し、同じ動作が確認されました。

同じ動作の繰り返しに疲れてきているヒロシ君を気遣って、小柴田先生が休憩を入れました。まさにドクターストップです。


夕食後に、ヒロシ君抜きでの検討会が開かれました。

北川先生が今までに撮影したヒロシ君の映像解析を別のスクリーンに映し出し、丁寧に説明しています。

「この八四回目の映像と、八五回目、さらに九六回目と九七回目の映像を比較してみると、明らかにヒロシ君の口唇周囲の画像が、鏡の中のバーチャルに影響されているのが分かります。しかし、最初の百回の比較で、明らかに有意差が見つかったのはこの二回だけです。」

周囲にどよめきが起こりました。小柴田先生は、結果をすでに想定しているようで、みんなにも冷静な対応を促しています。

「確かに偶然ではありません。この結果で、ヒロシ君の治療への可能性が開かれたことは喜ぶべき成果だと思います。鏡の中のヒロシ君を実際のヒロシ君が自分であると認識できたことは、未知の分野である治療への、大きな第一歩だと思います。しかし、問題点も新たに明確になりました」

手をあげた南先生が、北川先生に向かって興奮気味に質問しています。南先生は生化学が専門なのです。従ってフィジカルのアプローチが苦手なのかもしれません。

「その問題点というのは、たとえバーチャルの影響を受けても、脳機能の再構築はできないということですか？」

「まだ研究が始まったばかりで、そう短絡的に結論をだすのは早いでしょう」

小柴田先生がフォローしています。

「こういう未知の研究は継続した積み重ねが大切なのです」

さらに北川先生が南先生の疑問に答えています。

「脳の神経伝達ニューロンの再構築は、半年、いや一年以上は、かかるかもしれない。映像を見る限り、小柴田先生と検討した結果、ただの偶然ではないと考えますが、これからも少しずつていねいに繰り返していく必要があるでしょう」

今度は、北川先生が補足します。

「しかし百一回から二百回までの映像では、確かに有意差は認められませんでした。それを示唆するような傾向さえ認められなかったのです。だが二百一回から三百回までの映像に驚くような変化が見られたのです」

みんな北川先生の言葉に聞き入っています。

「先ほどの問題点の一つですが、瞬目反射の回数を増やしても、バーチャルの映像にヒロシ君は応えてはくれません。しかし、映像だけの解析はだめでも、口輪筋周囲のサーモグラフィーの反応は変化していたのです」

北川先生の解説は明解です。

「バーチャルのヒロシ君の口角の動きをずらすことで、鏡の中のバーチャルのヒロシ君を見たヒロシ君の口角が動いたのです。それはバーチャルのヒロシ君に、ヒロシ君自身が瞬時に対応している証拠です。まだ分かりませんが、高位中枢の自律神経系に影響を強く与えているのかもしれません」

「瞬目反射の回数では、やはり変化はみられなかったのですか?」

小柴田先生が北川先生に質問しています。

「はっきりしたことはまだ言えませんが、バーチャルで瞬目反射の回数を増やしても、実際の回数より少ないことがあったのです。それは今のところは、五十回に一度ぐらいの割合ですが、鏡の自分を認識することによって、脳が何らかの影響を受けているとも考えられます」

「それが事実なら、ミラクル療法は不可能ではないかもしれませんね」

北川先生が声を落としました。

「高橋記念ミラクルセラピー研究所のヒロシ君が最初の扉を開けてくれたことは事実ですが、これは五歳以下の自閉症児で行ったら、もっと有意差のある結果がでたかもしれないですね」

「………」

さすがに北川先生の意見は研究者らしく鋭い指摘でした。それに対して小柴田先生は少し黙っています。海外の発表では、成人年齢の脳機能の発達障害における脳萎縮度は同年齢の正常人に比較して顕著だとも言われています。北川先生はここでは口にこそ出しませんが、ボクには分かります。しかしミラクル療法の目的は、あくまでもヒロシ君のための挑戦です。

専門的な研究成果の説明を北川先生から受けた洋子お姉さんたちは、この映像の結果を難しくて受け入れられずにいました。高志お兄さんは組み立てた理論が、ポジティブな結果を得たことで満足しているようにも見えました。何かすごいことなのかもしれませんが、しかし、今のヒロシ君を見る限り、何も変わったようにはみえません。

「いつか、ヒロシが心から笑える日が来るのでしょうか？」

洋子お姉さんの質問に、小柴田先生が優しい表情で答えました。

「そうなることを信じて始めた研究です。ただ、二十一年間使っている中枢神経の神経伝達機構を再構築するのには、もう少し根気よく訓練を続けなければならないでしょう。時間がかかります。なにせ未知の領域ですから……」

再び立ち上がった北川先生の映像解析だけでなく、脳科学の解説は、ボクには専門的すぎて、まったく理解できませんでした。今回の研究結果で、ヒロシ君のために、一歩前進したことが何よりも大きな成果です。

夜になって、小柴田先生から何か話したいことがあるとのことでした。その表情からして、ヒロシ君にも関係のある問題が持ち上がったのだと直感しました。

胸騒ぎと同時に、ボクの心にも不安が広がっています。

高志さんと洋子お姉さんだけがこの席に呼ばれました。小柴田先生はちょっと言いにくそうに話し始めました。

「ヒロシ君の治療に対する研究成果はこれからですが、今日北川先生が、お話ししたようにその可能性が出てきたのです。しかし、一方ではその研究結果を検証する必要が生じてきました。具体的には、脳の機能がバーチャルによって、脳組織のどの領域がアクティブになったのかを証明する必要があります」

「そんな検査ができるのですか？」

高志さんが不安そうな顔をしています。

「ＰＥＴ・ＣＴ（ポジトロンＣＴ）検査で、海馬をはじめ脳の細かい部分の酸素消費量や糖代謝の変動を、少なくともバーチャル映像の前後で実際に比較検討するのです」

「…………」

それを聞いた高志さんは黙ったままです。小柴田先生の声のトーンで想像がついたのかもしれません。

「そこで問題なのは、ヒロシ君は知的障害者であるために、血管に造影剤を入れるような、負荷を与えるような検査は人権の問題もあって、倫理委員会の許可が下りないのです」

「許可がいるのですか?」

「治療実験を行うのには、あらかじめ厚生労働省など、国の機関の許可が必要なのです。それに大学が設置している倫理委員会も……」

「そのCT検査をしないと、正確には効果が判定できないのですか?」

「おそらく……。脳機能の反応は、脳波などの生理学的検査や血液中の神経伝達物質でもある微量ホルモンの動態を測定して検討する方法もあります。したがって患者さんの家族の同意も当然のことながら、負荷試験を行うと後では問題になりますからね」

「それらの検査は、危険なのですか」

「まったく危険でないとは言い切れません」

「その国の治療実験の許可が下りなければ、ヒロシの治療への挑戦はこれで終わりになるのですか?」

洋子お姉さんは不満です。

「そうではありませんが……。このままのペースでは研究成果の実証が遅くなることは明らかです」

小柴田先生はちょっと言葉を濁しました。

「先生、これまでいっしょになって、夢を追って協力してきたのですから、はっきりおっしゃってください」

ボクも驚きました。小柴田先生がめずらしく歯切れが悪く表情も硬いのです。

「実は今回のことで、われわれの研究成果が注目を集めたのは事実です。しかし大学の研究方針では、今のやり方を生かすために、脳の機能障害として認知症対策に活用できないか、また脳梗塞後遺症などの片麻痺の患者に対して、脳機能を回復させるのに役立つ研究を、自閉症より優先するべきであるとの意見が大多数だったのです」

「発達障害の自閉症などは、後回しなのですか……」

洋子お姉さんはがっかりしています。

「今や日本では四人に一人は六五歳以上になり、高齢者の五人に一人は認知症を発症すると言われています。従って認知症対策が喫緊の課題となっています」

「そんな……」

「難病の指定など、国が認めた研究だと国の予算が付き、かなり大規模での研究がすすめられるのです。大学にとっては、国が認めた研究班としての予算費の獲得は、重要事項なのです。教授会で決められている大学の予算だけでは、ほとんど何もできません。

私の研究室だけでは対応できないのが現状です」

　ボクは聞いていて、小柴田先生の言葉には力が感じられませんでした。

「個人の支援として、高橋牧場の高橋理事長の協力があったからこそ、ここまでやってこられたのですが……」

　洋子お姉さんは、落胆で言葉も出ません。

「急に、認知症と言われても……。先生の研究は自閉症であるヒロシの病気を治すのが目的だったのではないのですか?」

　高志お兄さんも内心は怒っているようです。

「そのとおりです。今も、その気持ちは変わりません」

　小柴田先生はきっぱりと答えました。

「でもここまで続けてきた研究や、ヒロシは一体どうなるのですか……」

　高志さんと洋子お姉さんは、困惑しています。

「高橋記念ミラクルセラピー研究所を作っていただいて、裏切るようなことはしません。高橋高志さんの行動解析が起点となったことも事実です。コンピューター機器のほとんどは、この施設に置いておきます」

「ヒロシのミラクル療法はこれからどうされるのですか」

「ヒロシ君の治療への挑戦は、少しスローペースにはなりますが、必ず継続させます。おそらくこれからは、国の予算は認知症の研究に注ぎ込まれるでしょう。そこでは大学構内に新しい研究施設ができます。専有の最先端の脳科学を検索する生理学機器やＰＥＴ・ＣＴも購入できるはずです。

近い未来には量子コンピューターが開発され、今までのスーパーコンピューターをはるかにしのぐ能力のＡＩ（人工知能）が開発されようとしています。多くの優れた研究員がそこに集結して研究が行われ、研究のスピードアップは大きな戦力になります。このフィジカルな脳機能の開発プロジェクトは、自閉症だけでなく、解明されていない脳組織の退行変性の疾患にも応用されることは間違いありません」

「でもそこでは、自閉症の原因究明の研究はされないのでしょう？」

小柴田先生はちょっと言葉を詰まらせました。自閉症患者には倫理委員会の高い壁が立ちはだかるからです。

「恐らく難しくなると思います」

「この研究所は閉鎖しなくてもよいのですか。機能させるスタッフがいなければ自然消滅するじゃないですか」

　めずらしく高志お兄さんの語気が強くなりました。

「操作をもっと詳しく教えて下さい」

　ＰＣを扱える高志お兄さんは真剣です。ボクはがっかりして声も出ません。洋子お姉さんの反応は少し落ち着いてきたようです。

「この高橋記念ミラクルセラピー研究所は、あくまでもヒロシ君、個人への治療の挑戦がメインです。回数は少し減るかもしれませんが、私が責任を持ってここでの研究を継続させるつもりです。研究員や大学院生を交代で派遣します」

「そうですか……。それを聞いて、少し安心しました」

　高志さんが小さな声で答えました。元気はありません。

「今後、さらに脳機能の研究が進むと、知的障害の発症メカニズムの解明にもつながります。研究には膨大な予算と多くの時間が必要となるのも事実です。仮説を立てることは誰にでもできますが、証明できるのは、砂浜の中で落とした指輪を見つけるより難しいと言われています。これは私を育てて下さった教授の言葉ですが……」

翌朝になって、北川先生のグループは先に急ぎ足で東京に戻っていきました。

小柴田先生は出発前に、リビングでヒロシ君と会話しています。手鏡の研究ではボクも一役買っています。後で分かったのですが、国の機関として知的障害研究班が新たに立ち上がるのではなく、認知症を含めた脳の機能障害の研究グループに増額した予算が組み込まれたようです。それは今後、脳梗塞から認知症を誘発される疾患が爆発的に増加する懸念があるからだそうです。実際には知的障害の治療に対する研究は置き去りにされそうです。

小柴田先生は厚労省の研究班の委員であっても上席研究員の立場ではありません。大学の研究者もはたから見ているほど、簡単ではないのです。

「ヒロシ君、次に来たときには、次のステージの評価訓練をしようね」

小柴田先生が手鏡を手に持って、ヒロシ君の前に差し出しています。手鏡の中に写っているヒロシ君も、紛れもなくヒロシ君なのです。

ボクは何故だか、ヒロシ君が訓練によって鏡に写った自分に興味を持ったことが分かりました。それを見たボクも嬉しくなりました。その通りです。しかしヒロシ君は、鏡に向かってポーズは取りません。リビングの部屋の中には大きな鏡があちらこちらに掛けてあります。もちろんそれらはただの鏡ですが、鏡に慣れることも必要なのです。ボクはそう言って鏡の中のヒロシ君をしっかりと見つめるのです。

無意識のうちに鏡の中のもう一人のヒロシ君にエールを送りました。

「ヒロシ君は頑張るのです」

ヒロシ君が発したその言葉を聞いていたボクは、ヒロシ君がわずかでも変わったのではないかと思いました。研究の条件がどのように変わっても、ヒロシ君はヒロシ君です。何があっても応援します。ボクらはずっと前から戦友なのですから……。

それから二週間が経って、小柴田先生や大勢の研究員が東京に戻って行きました。しかし約束どおり、二人の研究員は帯広市に残って継続することになったのです。最初から参加している中田君と野崎君です。北川先生からのヒロシ君への宿題も残っています。

昼食の時間になって、リビングで中田君がクリームシチューと手焼きのパンを食べながら、向かい側に座っている洋子お姉さんに話しかけました。

「洋子さん。ヒロシ君のことでちょっとお聞きしてもいいですか?」

「ええ。どうぞ……」

「実は昨日、『RAY'S』という女性のファッション誌を持っていたのをヒロシ君が見つけ、私にライ、ライ、ライと言ったのです」

「それで……」

洋子お姉さんが興味を示します。

「ヒロシ君、これはレイと読むのよ」

「ライです」

ヒロシ君は頑固に主張したのです。

「ライはローマ字読みで英語ではレイというの」

そうしたらヒロシ君が「英語はR・アールとA・エイとY・ワイです」と言ったのです。

「確かにローマ字読みと英語の読み方の違いだけど、驚きました」

「この話は今、初めて聞いたけれどヒロシらしい答えね」

洋子お姉さんは笑顔です。

「ヒロシ君はどこで覚えたのか分かりませんが、文字の意味も自分なりに理解できるし、考える力もある。ずれているると思っているのは私たちの方かもしれませんね……」

洋子お姉さんは、満足そうにうなずいていました。その顔を見てボクも嬉しくなりました。ヒロシ君の理解者がここで増えたようです。

第十一章
笑顔のにらめっこ

高橋記念ミラクルセラピー研究所にも新しい年がやってきました。昨年はヒロシ君にとってもマジックミラー療法への挑戦で、頭の中は大忙しの日々でした。何か画期的な変化は、まだありませんが機嫌は悪くありません。乳牛に初めて触れた経験と同じようにヒロシ君は全身でニューロンへの刺激を受け入れています。

暦が三月に入ると十勝平野は、ふたたび春を迎える準備に取りかかります。帯広平野にも冬眠から目覚めるように、美しい自然の景色が甦るのです。

朝にもかかわらず、窓の外では鉛色の雲が低く垂れ込めたままでした。

ダイニングでヒロシ君のお母さんと一緒に朝食の用意をしていた洋子お姉さんは、ビルが何かをくわえてシッポを振っているのに気づきました。

「ビルちゃん、おはよう。朝早くからどうしたの？」

よく見ると洗面所からタオルをくわえてきたのです。それはヒロシのいつも使っている愛用のタオルでした。朝寝坊をすることがないヒロシ君を起こしに行くサインかもしれません。その時ヒロシ君が階段から急いで降りてリビングにやってきました。タオルを探していたのかもしれません。

「ヒロシおはよう！」

「ヒロシ君もおはようでした」

ちょっと赤い顔色を不審に思った洋子お姉さんはすぐにヒロシ君の額に手を当てました。ちょっと熱があるようです。顔が濡れているのはビルがタオルを持っていったからでしょう。ビルからタオルを取り戻し、急いでヒロシの顔を拭きます。

「昨夜は一段と寒かったから、風邪じゃない？」

「風はなく朝ごはんは食べられるでしょう」

「換気以外の窓は閉めているから、風は入ってこないでしょう。体調はそれならばいいけれど、風邪薬はちゃんと飲んでね」

「洋子おはよう！　ヒロシもおはよう」

　高志お兄さんがリビングにやってきました。ヒロシ君の風邪気味を心配しています。腕には新聞と何通かの郵便物を抱えています。

「吉野先生がウォーレンのニューホープアシスタンスドッグ協会から帰ってくるらしい」

「義彦ちゃんの訓練も半年では終わらないから、一年以上はかかるかもしれないでしょう。お母さんのみどり子さんも大変でしょうね……」

「吉野先生の手紙では、帰国後はうちの高橋農場で働きたいらしい。ヒロシのミラクル療法を手伝いたいとの強い意思が書いてある。どうだろう？」

「私は高志さんが良ければ、受け入れてあげて欲しい。ヒロシのマジックミラーを使ったミラクル療法も進んでいないようだから、きっと研究の手助けになると思うわ」

「そうか、よかった。さっそく返事を送るよ」

　ベーコンエッグとパンケーキ、それにトウモロコシのスープにたっぷりのホットミルク。朝食の用意ができ上がりました。

お父さんとお母さんもテーブルにつきました。洋子お姉さんたちの機嫌が良いのを感じたのか、お母さんが聞いてきました。

「吉野先生がここに手伝いに来てくれるのかい?」

「そう、これでヒロシのミラクル療法も前に進むかもしれない」

さらに高志お兄さんが答えています。

「彼は本来がセラピストだから、行動療法には信念があり、今の滞っているマジックミラーの状況を打破できるかもしれない」

高志お兄さんが期待しているのが分かります。高橋家にも明るいニュースで、ヒロシ君の風邪気味もたちまち治ってしまったようです。ヒロシ君の体調を心配していたボクもひと安心です。

玄関口にある大きな桜樹の枝に花芽が付いて、まだ固く蕾を閉ざしたままでしたが、春の足音より先に吉野先生が帯広の高橋牧場にやって来てくれました。特に期待している高志お兄さんは大歓迎です。

「お世話になりますが、よろしくお願い致します」

久しぶりに会う吉野先生は以前のように口ひげをはやしています。

高橋記念ミラクルセラピー研究所の隣に、新たな宿舎が増築されていました。その一室が吉野先生の新しい住まいです。朝早くから乳牛の世話もしますが、さすがにアニマルセラピストだけあって動物の扱いは馴れています。牧場では働き手がいくらあっても足りないぐらい仕事はあるのです。

週が明けると小柴田教授の教室から野崎君がやってきました。小柴田先生もヒロシ君のミラクル療法を忘れてはいないのです。さっそく夜になってミラクル療法のミーティングが開かれました。久しぶりの研究会です。

野崎君が、最新のヒロシ君が挑戦してきたビデオについて、マジックミラーの分析結果をまとめて報告しています。小柴田研究室でもかなり検討がなされたことがよく分かります。吉野先生はそれをじっと無言で見つめています。今回までのミラクル療法の分析結果を聞くのは初めてなのです。何か考え込んでいるようです。

実は渡米中にあの自閉症介護犬テージンとルーカス少年にはもう一度会う機会があったようです。高志さんや洋子お姉さんに加えて、今では森谷由美子さんも熱心に研究に加わっています。知的障害児の教育に熱心な由美子さんは、教育者というより科学的アプローチに興味を持ったようです。そんな中、高志お兄さんはPCの取り扱いについても野崎君から映像処理の方法を確認しています。

吉野先生が手を上げて一つの提案を持ち出しました。高志お兄さんからはある程度マジックミラーの効果を聞いてはいたようです。

「今まで参加してこなかった僕が意見を言うのも失礼とは思いますが、ヒロシ君のミラクル療法に新たにトライしてみたいことがあるのですが……」

客観視していたからこそ、考え付いたことかもしれません。ボクは吉野先生の考え方を聞く前からドキドキしてしまいました。

吉野先生は立ち上がって説明しています。

「まずはマジックミラーに映し出されているヒロシ君の表情を、もう少しドラスティックに動かしては如何でしょうか?」

「そんな、笑ってもいないのに無理に笑顔を写しても、それが自分の表情とは認識しないでしょう」

すぐに高志お兄さんが反応しました。洋子お姉さんは黙って聞いています。

「すみません、吉野先生は具体的にはどのような映像を送るのですか？」

森谷由美子さんが質問しました。野崎君は憮然としています。

「マジックミラーの両隣に三〇センチの間隔をあけて、同じ大きさの鏡を同じ壁に置くのです。もちろん映像を送るミラーは中央だけです」

聞いているみんなは、まだ誰も理解していません。

「アイコンタクトが苦手なヒロシ君は鏡に向き合わないというか、見ない可能性があるのでは？」

今度は高志お兄さんの疑問です。

「三枚とも前にカーテンをつけるのです。順次開け閉めすればその動作で開かれた鏡に注目するはずです。二、三秒、あるいは四、五秒でカーテンが閉じ、また次のカーテンが開くのです」

どうやらミラーの仕掛けはそれだけではないようです。吉野先生はもう少し丁寧に説明します。

「最初に開く鏡はただの鏡です。そこに写っている自分の表情をまず確認します。次に開く鏡は微笑とまではいかなくとも、機嫌の良いときのヒロシ君の表情です。しかしこれは実際の表情とは異なっています。それが閉じて、次に最後のカーテンが開いたときは普通の鏡ですが、先ほどのバーチャルの自分の表情が記憶として影響を受けていれば、むしろここではVRの表情を無意識のうちにする可能性はないでしょうか？」

「そのミラクル療法は何をもたらすのですか？」

「少なくともヒロシ君はVRに影響されることが証明されるはずです」

「それが将来にはミラクル療法の効果につながるのですか？」

由美子さんの疑問はまだ解けていないようです。

「仮にその表情をヒロシ君がしたとしても、それがミラクルなのでしょうか？　その反応は錯覚なのかも……」

「ミラクルは考えも及ばないポジティブな結果です。しかし、そのミラクルを信じて挑戦しているのですから、ヒロシ君のニューロンの反応が不可逆的に形成されるのには、時間が必要と考えられます」

ＰＣに詳しい高志お兄さんだけは、納得したような反応です。そのとき、洋子お姉さんが手を上げました。

「ＶＲのヒロシより、自然に鏡に写る笑顔のヒロシが見たいわ」

「バーチャルでも継続して訓練することで、新たなニューロンの刺激伝導経路が構築される可能性はあるでしょう。これは薬物療法では絶対に不可能なことだから……」

高志お兄さんは吉野先生の新しい挑戦を支持しています。

「吉野先生が言うように、継続させる時間が必要です。ぜひその新しい試みを確かめてみましょう。何もやらないと何も結果は出てこない」

これはあの小柴田先生の口癖なのです。いつの間にか、高志お兄さんは感化されたようです。

そのとき、由美子さんが意見を述べました。

「私もヒロシ君以外の知的障害者と関わっていますが、アイコンタクトが苦手でも、声を出して呼びかければどうでしょう？　気づいて、そちらの方を、つまり鏡を見ると思うのですが……」

「それはいいアイデアかも知れないですね」

吉野先生が賛同しています。

「洋子お姉さんの呼びかけや、お母さん、もしくはお父さんの呼びかけもありですね。鏡からの声が決まった人の方が良いのか、違う人の方が良いのかは繰り返し確かめないと何とも言えませんが」

ミーティングに参加している大学院生の野崎君が手を上げました。

「これは小柴田教授の受け売りですが、知的障害者の五感は閾値も異なっていますからヒロシ君の感覚に適した刺激を見つけて鏡と組み合わせた方がより良い結果が得られると思います」

ボクはそれを聞いて拍手を送りたくなりました。そうなのです。ヒロシ君は嗅覚に優れた超能力を持ち合わせているからです。どう嗅覚経路と鏡を組み合わせるかは、これからの課題ですが、進めていく価値は充分あります。

翌日から新たな鏡の導入やカーテン、さらには新たな鏡を見つめているヒロシ君の表情を捉えるカメラに加え、ヒロシ君に呼びかけるスピーカーが設置されました。しかし嗅覚の負荷はまだです。

一週間の滞在を終えて野崎君はまた来させて下さいと言って名残惜しそうに東京に帰っていきました。やはり今回の研究結果が気になるようです。

ミラクル療法も実験を積み重ねていく度に、バージョンアップされていきます。それは、より確実な効果を得るための挑戦であることは参加している誰もが知っていることです。

もちろん失敗もあります。カーテンの開閉がスムーズにいかないのです。しかし、カーテンがなくても、呼びかける声の主を変えることで、ヒロシ君の鏡に対する注目度が上がることが分かりました。最初の呼びかけは高志お兄さん、マジックミラーは洋子お姉さん、そして最後の鏡は吉野先生です。その発案は由美子さんでした。

思考錯誤を重ねながら一週間が過ぎました。ヒロシ君を疲れさせないように実験時間は一時間と決めてあります。もちろん主役のヒロシ君の集中力が途切れたときは、検査中でも中断することにしています。ヒロシ君の表情の変化をいち早く察知する役目は由美子さんです。

ヒロシ君のミラクル療法がきっかけだと思いますが、小学校の教諭である由美子さんと吉野先生との仲が良いとボクは感じました。おそらく高志お兄さんもうすうすは感じていたようですが、大人同士の問題ですから口をはさむことはありません。洋子お姉さんも同じ意見のようです。ボクもヒロシ君にとって二人は頼もしい助っ人ですから黙って見守っています。

三枚の鏡を使ったミラクル療法研究会の最初の結果発表会が開かれました。

今回はヒロシ君の顔の表情を八分画にして、ＡＩを使ってその動きを分析させて写しだしたのです。

一枚目の高志お兄さんが呼びかけた鏡ではただの鏡ですが、二枚目の洋子お姉さんが呼びかけたマジックミラーでは映像を加工した、ヒロシ君の微笑の表情なのです。それを見たヒロシ君が次の吉野先生の呼びかけに三枚目の鏡を見ます。

ヒロシ君の鏡の表情を確認した高志さんが大きな声をあげました。

「洋子見てよ……。マジックミラーの次の鏡の表情は、ヒロシが微かに笑っている」

「このことはどういうことを意味するのかしら?」

洋子お姉さんの疑問に、三番目の鏡に写っている映像を見ていた全員が釘付けになりました。ヒロシ君の顔の表情を真剣にながめています。最初の鏡では見られなかったヒロシ君が優しい表情で笑っているように見えます。

「確かに違うわ……」

由美子さんも驚嘆しています。

高志お兄さんが詳しく説明します。

「ＡＩの分析ではヒロシのマジックミラーの微笑を自分の表情だと認識したからこそ、三番目の鏡では笑顔の表情に変わったのだろう」

「それは鏡の中のＶＲの自分を、自分の表情と認識できたということですね」

吉野先生も話しながら興奮気味で頷いています。

「マジックミラーで悲しい泣きそうな表情を見せると、三枚目の鏡では実際に泣き出すかもしれませんね」

それを聞いていた洋子お姉さんは、信じられない様子です。

「ミラクル療法でバーチャルのヒロシが、鏡の前に写っているヒロシの脳機能に影響を与えたことが証明されたわけだ。これは最初の一歩かもしれないが、新たなコミュニケーション法として、神経伝達性ニューロンの再構築の可能性が出てきたのかもしれない」

洋子お姉さんは高志お兄さんの言葉にもう涙ぐんでいます。

「そう言えば最近のヒロシ君は鏡の前でなくても、笑顔のような表情をするときが増えたようだけど、それもバーチャルのヒロシ君の影響なのかしら」

由美子さんが高志お兄さんに質問しました。

「心からの笑顔はまだにせよ、感情の表現が豊かになったことは、ミラー療法のおかげじゃないか」

吉野先生は期待だけでなく冷静に受け止めています。高橋記念ミラクルセラピー研究所に来る決心をしたのも、脳の発達障害の論文は沢山読んで勉強したのが分かります。

「ヒロシ君の脳内の神経伝達性ニューロンはまるで樹海のように複雑で、迷路のようなものかもしれませんが、これからも研究を続けていけば、新たな意思疎通の有意義なルートが開発されるかもしれませんね」

「そう。やっとミラクル療法のスタートラインに立てたようなものだから、これからもバーチャルのヒロシ君に頑張ってもらって、高橋記念ミラクルセラピー研究所で研究を続けていきましょう。ありがとう……。ヒロシだけでなく、これからの脳発達障害者のためにもよろしくお願いします」

立って頭を下げる高志お兄さんの言葉には深い重みがありました。

研究結果のまとめは小柴田教授の査読を受けて、共同研究で論文にして発表するつもりです。

五月に入ると、小柴田先生の研究スタッフは野崎君に代わり中田君が研究に加わりました。久しぶりに高橋記念ミラクルセラピー研究所にやってきた中田君は、野崎君から申し送りは受けていたようですが、実際の鏡が三枚に増えていることに驚いたようです。しかし、高志お兄さんからの説明にすぐに納得したのです。

中田君がヒロシ君に会うのは二カ月ぶりです。中田君から最初に出た言葉が刺激的でした。

「マジックミラーの効果はまだ充分に理解できていませんが、久しぶりに出会ったヒロシ君は確かに変わったようですね」

「どう変わったと感じるの？」

「う〜ん。何て表現したらよいのか分かりませんが、簡単に言うと表情が前より豊かになったことと、反応が速くなった感じがします」

高志お兄さんや洋子お姉さんだけでなく、それを聞いていたスタッフ全員が笑顔になりました。

夕食時に中田君の歓迎会が開かれました。

ボクはヒロシ君の隣に座っています。ご馳走はビーフシチューにピザ窯で焼いた自家製パンに畑で採れた新鮮な野菜です。

大好きな生のオレンジジュースを半分、隣の席に座っているボクのコップにも置いたのです。ボクが飲めないのは分かっているのに、こんな動作は初めてです。

由美子さんがその様子を不思議そうに観察しています。

「トニーの分も用意したの?」

「どうもです」

そう言ってヒロシ君はボクのコップの生ジュースもゴクゴクと飲み干しました。

「どうしたの、ヒロシ。ジュースは良いけれどトニーは、シチューは食べないからね」

いつもの逆言葉に、洋子お姉さんは笑いながら問いかけました。ヒロシ君はままごとのようにジュースは用意したものの、その他の食事には手を付けませんでした。洋子お姉さんの言葉の意味を理解したからかもしれません。

でもその前に、ボクのジュースを飲みほした直後の表情は、あのバーチャルで見せた優しい満足の笑顔だったことに気づいたのはボク、トニーだけでした。

歓迎会はお腹がいっぱいになって終了しました。ヒロシ君はお父さんがお風呂に入れてくれるそうです。

由美子さんが中田君を宿舎に送って戻ってきました。リビングでは二次会が用意されています。しかし、何故かジュースまで用意してくれていたボク、トニーはここに置き忘れているのです。

「あれあれ、トニーを忘れて……」

高志お兄さんは棚の上にそっとトニーをおきました。モルトウイスキーとチーズが並べられています。吉野先生もアイスペールに氷を入れて運んできました。まるで今では家族の一員です。

「まず、身内だけに話しておきたいことがあるんだ」

めずらしく緊張している高志お兄さんがあらたまって話し始めました。

「詳しくは洋子から……」

洋子お姉さんが立ち上がりました。顔面が少し紅潮しています。

「実は、私は今、妊娠して子供を授かっています。三カ月になりました」

拍手が沸き起こりました。

洋子お姉さんはしっかりした言葉で噛みしめたようにゆっくりと話します。すぐに声をかけたのは森谷由美子さんでした。

「それはおめでとう。じゃあクリスマス頃には産まれるのね」

由美子さんは何やら隣の席の吉野先生に合図を送っています。今度は吉野先生が立ち上がりました。

「実は、言いそびれていましたが、ぼく達も婚約することにしたのです」

「えっ、それで式はいつごろ？」

「高橋理事長の許可を貰って来月ぐらいを考えているのですが……」

由美子さんも満面笑みで、嬉しそうです。

「それはダブルでハッピーだな」

高志お兄さんは、妹の由美子さんと吉野先生の気持ちには、薄々気づいてはいたようです。さっそく女性群には薄めの水割りを用意します。男性はもちろんロックです。

「乾杯！」「乾杯！」

静かにグラスが触れ合う音がこだまします。みんな笑顔です。

洋子お姉さんは出産時に羊水を摂取して、羊水中のアミノ酸組成やＤＮＡを採取して、検体を発症誘因のアミノ酸性の化学的研究に提供することを決めたようです。それは知的障害を心配しているからではありません。洋子お姉さんは何の迷いもなく、自信をもって妊娠を受け入れたのです。洋子お姉さんの決心は固く、高志お兄さんも同意してくれました。

近い将来に、すべての問題が解決される日が、必ず来ることをボクとヒロシ君は信じています。

あとがき

微力ながら、広汎性発達障害の解明に闘いを挑んだ軌跡である。

研究者としてまた医師として『なぜ…どうして』の疑問符に、胎生期の脳組織における神経伝達性ニューロンと羊水中のアミノ酸代謝障害の関係について、数々のラットを使った動物実験を繰り返し、検討を試みたが、アミノ酸代謝物質の関与は示唆されたものの、その原因精査への明確な回答は得られていない。

しかし、たとえそれが胎生期での中枢神経の発達段階におけるニューロンの構築異常であったとしても、出生後の認知機能を回復させる糸口は、今までの化学的アプローチから、ＡＩを用いたヴァーチャルの領域に委ねることこそ、四次元での奇跡の扉をこじ開ける可能性があるものと信じている。

最後に、この研究に携わってくれた、数多くの同志の研究員に感謝の気持ちを伝えたい。

小橋隆一郎

ニューロンの樹海

著　者　　小橋隆一郎
発行者　　真船美保子
発行所　　KK ロングセラーズ
　　　　　東京都新宿区高田馬場 2-1-2　〒 169-0075
　　　　　電話（03）3204-5161(代)　振替 00120-7-145737
　　　　　http://www.kklong.co.jp

印刷・製本　　中央精版印刷(株)

落丁・乱丁はお取り替えいたします。※定価と発行日はカバーに表示してあります。

ISBN978-4-8454-2470-2　Printed In Japan 2020